OX 5/18 AB 2/19
OX 4/23

To renew this book, phone 0845 1202811 or visit our website at www.libcat.oxfordshire.gov.uk (for both options you will need your library PIN number available from your library), or contact any Oxfordshire library

OXFORDSHIRE COUNTY COUNCIL

L017-64 (01/13)

HEINZ STRUNK, RALF KÖNIG,
DORIS KNECHT U. A.

DAS IST JA WOHL DER
horror!

Angst- und
Bangegeschichten

Rowohlt Taschenbuch Verlag

Herausgegeben von Marcus Gärtner

ORIGINALAUSGABE
Veröffentlicht im Rowohlt Taschenbuch Verlag,
Reinbek bei Hamburg, November 2017
Copyright © 2017 by Rowohlt Verlag GmbH,
Reinbek bei Hamburg
Die Geschichte «Neue Köpfe für Mama und Papa»
ist bereits erschienen in Thomas Gsella,
Gsellammelte Prosa I: Blau unter Schwarzen, Köln 2010.
Sie wurde für diese Ausgabe überarbeitet.
Umschlaggestaltung any.way,
Barbara Hanke/Cordula Schmidt
Umschlagillustration Rudi Hurzlmeier
Satz aus der Berthold Baskerville bei
Pinkuin Satz und Datentechnik, Berlin
Druck und Bindung CPI books GmbH, Leck, Germany
ISBN 978 3 499 27343 8

HEINZ STRUNK

SCHWARZES LOCH

An einem späten Januarnachmittag hält sein Taxi vor dem *Hilton Düsseldorf.* Eiskalt ist es, kahl, winterstarr. Der zwölfstöckige, 1957 erbaute Hotelklotz ragt bedrohlich vor ihm in die Höhe. 375 Zimmer, zentrale Lage, Ballsaal bis zu 1300 Personen, sogar Autos können hier präsentiert werden.

Die Agentur hat ihm ein Doppelzimmer gebucht. Hm, leider gibt es kein großes, durchgehendes Bett, nur zwei Neunzig-Zentimeter-Einzelbetten, dafür in einem besonders ruhigen, abgelegenen Flügel des Hotels. Badewanne wenigstens? Ja. Na dann. Abgelegen ist ihm nur zu recht, anonym und abgelegen, das mag er, Familienhotels sind ihm ein Gräuel, er bevorzugt Ketten. *Nummer 1240, zwölfter Stock, links, ganz hinten. Frühstück von 6 Uhr 30 bis* … laber, laber, denkt er und schaltet auf Durchzug, wünscht sich weg, wünscht, es wäre schon morgen; geht ihm öfter so, beim Einchecken ist er eigentlich schon wieder weg. Dies ist ein verlassener Ort, seine Trostlosigkeit ist absolut, denkt er auf dem Weg zum Fahrstuhl.

Abgelegener Flügel ist noch untertrieben. Leer, unbewohnt, tot, kein Mensch auf den langen Fluren, weder Gäste noch Personal, keine Tabletts mit schmutzigem Geschirr vor den Türen, keine «Bitte nicht stören»- oder sonstigen Aushänge an den Zimmern, die niedrigen Decken, der schwere Teppichboden schlucken jeden Schall.

Sein Zimmer ist klein, düster, dunkel, deprimierend. Es riecht nach altem Staubsauger und verrottetem Ei, als hätte jemand seine Rühreier in den Teppichboden getreten, zermatscht, zermanscht, dieser charakteristische Geruch, von dem häufig die Foyers billiger Hotels durchdrungen sind, geht hier im Leben nicht mehr raus. Das ist doch keine First Class! Bei Luxus-Hotels muss ein Doppelzimmer mindestens 22 Quadratmeter groß sein; dieses hier hat höchstens 15 oder 16. Letzte Renovierung 2005? Glatte Lüge. Lächerlich. Frühe-achtziger-Jahre-Standard. Seiner Einschätzung nach ist das GANZE drei, dreieinhalb Sterne *wert*, mit Augenzudrücken vier. Ähnlich dem Maritim Grand Hotel in Hannover, kurz bevor der Betrieb eingestellt wurde und sie in dem maroden Kasten Flüchtlinge unterbrachten, kann er sich noch gut dran erinnern. Morbide, abgeranzt, schäbig, trotzdem war noch die Grandezza vergangener Tage spürbar, hatte was. Im Unterschied hierzu.

W-Lan funktioniert nicht, Netz gibt's auch keins. Was für eine verdammte Gruft ist denn das, ist das ein ehemaliger, zum Hotel umgebauter Weltkriegsbunker?

Um 19 Uhr ist sein Termin. Bevor er geht, beschwert er sich noch an der Rezeption, bei einem dumpfen, teigigen Mann mit Kugelbauch und blutig rasiertem Gesicht. HERR SCHNEIDER steht auf seinem Namensschild. Er hat bislang nur schlechte Erfahrungen gemacht mit Leuten, die Schneider heißen. Schmidt, Schulz, Schneider, irgendwas stimmt *generell* nicht mit Es-ce-ha-lern.

Kann der sich nicht vernünftig rasieren? Wie können die so einen am Empfang beschäftigen? Der gehört in Küche, Keller, Maschinenraum, Tiefgarage, weggeschlossen gehört das arme Schneiderlein, abgeschirmt von jeder Öffentlichkeit.

Herr Schneider zuckt nur mit den Schultern, derartige Klagen muss er sich mehrmals täglich anhören. Leider sei in diesem, *seinem* Teil des Hotels der Empfang tatsächlich schlecht. Aha. Ja, da könne man nichts machen. Soso, nichts machen. Man *könnte* schon, will aber nicht! Wirbittendieunannehmlichkeitenzuentschuldigendürfenwirsiealskleineentschädigung … STANDARDGESCHWAFEL. Presst seinen auswendig gelernten Text heraus, stumpf, einfach nur stumpf. Aber der Lobbyknecht kann einem ja auch leidtun, dieses durch und durch arme Schwein in der Idiotenuniform: schwarzes Hemd, hellgrüne Weste, hellgrüne Krawatte. Er überlegt, woher er diese Kombi kennt. Hotel Lindner in Dresden! Da saß ein *einziger* schwarz-grüner Laubfrosch vor dem in die Jahre gekommenen PC, während ein Dutzend Leute gleichzeitig einchecken wollten. Anstatt Verstärkung anzufordern, schob der Dienst nach Vorschrift. Solche Minderleister sind einfach nicht in der Lage, eine Situation einzuschätzen und gegebenenfalls *selbständig* Entscheidungen zu treffen. Und die Gäste? Stehen treu und brav an, lassen sich alles gefallen, nehmen ihr Los hin wie Schlachtvieh. Wieder mal musste ER auf den Putz hauen, sich unbeliebt machen.

Schneider, der Blutige, bietet ihm an, in eines der unteren Stockwerke umzuziehen, er könne dort allerdings lediglich ein Einzelzimmer bekommen. EINZELZIMMER?! Gott bewahre, das ist bestimmt *noch* kleiner, und überhaupt, umziehen, keine Zeit, keine Kraft, eine Nacht muss er dann eben durchstehen. Gleich morgen wird er seiner Agentur Bescheid geben, nie wieder dieses Drecks-Hilton, sollen die sich eintragen, vermerken, vormerken!

Er ist bereits um 22 Uhr 30 zurück, viel früher als erwartet. Normalerweise ist er froh, endlich wieder im Hotel zu sein, aber heute? Sich zu anderen Geschäftsleuten oder Leuten oder Gästen auf einen *Absacker* (wie er das Wort hasst) in die Bar zu setzen, kommt nicht in Frage. Trinkt man zu viele Absacker, läuft man Gefahr, selber *noch* mehr abzusacken. Mit den armen Schweinen da rumhängen färbt ab. Wie die schon auf ihren Hockern kauern, mit leeren, vom langen Tag erschöpften Gesichtern. Ohne erfolgreiche Abschlüsse, ohne irgendwas. Lautlose Trinker, die in Erdnuss- oder sonst welchen Schälchen grabbeln und hoffen, dass sich noch eine nichthässliche Frau hierher verirrt, heute, zufällig heute, nur heute zufällig, wo es doch so dringend nötig wäre. Wirklich. Bitte.

Also ab nach oben in den Zwölften, jenseits und oberhalb von gut und böse. Vor ein Uhr wird es erfahrungsgemäß nichts mit Heia; bedeutet Alkohol und Fernsehen, bis der Schlaf ihn erlöst. «Einsam in traumöden Wüsten, sturmgepeitscht weht mein Schatten über endlose Flächen hin und her wie ein Mann am Galgen», fällt ihm ein. Warum? Wieso? Woher ist das, woher hat er das? Egal. Flasche Wein auf und Zähne putzen. Ein gutes Gefühl, vor dem Trinken noch die Zähne zu putzen.

Wo ist denn eigentlich seine elektrische Zahnbürste? Er hätte schwören können, dass er die auf die Ladestation gesteckt hat, wie er es routinemäßig immer macht. Tja, heute anscheinend nicht. Aber wo *ist* die? Den Schlafanzug kann er auch nicht finden. Jetzt noch suchen? Irgendwo werden die schon sein, werden schon wieder auftauchen, die Teile. Er setzt sich mit ungeputzten Zähnen und in Unterwäsche auf den einzigen Stuhl. Bevor er ins Bett geht, *muss* er erst noch ein kleines Weilchen sitzen, Stuhl, Sessel, Sofa, egal. Marotte, erst sitzen, dann liegen, einmal angewöhnt, lässt sich das nur schwer wieder abstellen.

Er starrt in den winzigen Röhrenfernseher. Röhrenfernseher! Muss man sich mal vorstellen, ein grotesk schweres, schwarzes, bauchiges Ding aus Plastik, fehlt nur noch, dass da Drähte rausgucken und Qualm aufsteigt. *Polittalk*, er hört nicht zu, Geräusche und Flimmern, darum geht es.

Heiß, ist das heiß hier. Die Fenster lassen sich nicht öffnen, und durch die Steuerung der Klimaanlage steigt wieder mal kein Mensch durch, klein und weiß und vergammelt, mit schwergängigen, vertalgten Reglern. Rott, alles Rott und Schutt. Er setzt sich auf den einzigen Stuhl und schaut in die Röhre, im wahrsten Sinne des Wortes. Plötzlich wallt der Gedanke an Sex auf, eine schnelle Abfolge expliziter Bildsequenzen schießt ihm durch den Kopf. Auch das noch, lästig, nur mehr lästig.

Er dreht den Fernseher so, dass er im Bett weitersehen kann, dann legt er sich hin. Aus den Augenwinkeln registriert er, wie unter der Tür ein Lichtspalt kurz aufglüht und gleich wieder erlischt. Jetzt bin ich ganz allein, denkt er. Ich muss die Nacht irgendwie überstehen, nur darum geht es. Ja, nur darum noch, das ist mit einem Mal klar. Ein Höllenort, denkt er, luft- und schalldicht, ohne Verbindung zur Außenwelt. Der Polittalk ist zu Ende – trinken, zappen, trinken, zappen, bis die Erschöpfung über ihn sinkt wie ein großer Stein und ihm gegen 1 Uhr 30 endlich die Augen zufallen.

Zwei Stunden später wacht er auf, der verdammte Fernseher läuft und rauscht und flimmert und flackert. Griff nach der Fernbedienung. Nicht da. Er legt die *immer* rechts von sich ab, immer, immer rechts. So ein Elend. Er torkelt schlaftrunken und angesoffen durchs Zimmer, schaut unters Bett, unter den Tisch, das *TV-Möbel*, sogar ins Bad. Weg. Unauffindbar. Vom Erdboden verschluckt. Er guckt überall ein zweites Mal nach, seine Bewegungen sind seltsam verlangsamt, in Watte gehüllt und unwirklich.

Jetzt kann er nicht mehr, er zieht den Netzstecker, legt sich wieder hin. Ruhe, endlich Ruhe. Sein Gaumen fühlt sich an, als wäre er aus Pappe und die Zunge ein Radiergummi. Angst dünstet aus dem Teppichboden und geht durch ihn wie durch leitfähiges Material, steigt ihm zu Kopf und nistet sich dort ein, eine pelzig-lähmende, bleischwere Form. Die Angst hat ihm schon so oft das Leben verdorben, all die Zeit, die er mit Angst verschwendet hat, Jahre sind das.

Irgendwann versinkt er in einem dünnen Schlaf, aus dem ihn um 9 Uhr der Handywecker reißt. Dümmliche

Melodie, wollte er schon längst ausgetauscht haben, ist er nicht zu gekommen, nie kommt man dazu, nie kommt man zu irgendwas. Jemand hatte mal gesagt, der Klingelton passe zu ihm, sollte wohl ein Scherz sein. Hoffentlich. Oder etwa nicht? Seine Eingeweide fühlen sich an, als wären sie zu Klumpen vertrocknet. Die Angst ist noch da, jetzt aber nicht mehr dumpf und schwer, sondern sirrend, gleißend, kurz bevor sie in Panik umschlägt, er kennt das.

Bloß weg hier, ohne Frühstück, ohne alles. Apropos alles: Wo sind denn seine *Sachen*? Geldbörse, Brille, Führerschein, Schlüssel, Autoschlüssel, Handy. Die hatte er doch auf dem Schreibtisch abgelegt, wie immer, und jetzt fehlt die Hälfte. *Mehr* als die Hälfte, denn da liegen nur noch Handy und Brille. Da braucht er gar nicht weiter groß zu suchen, wenn die Sachen nicht auf ihrem Platz liegen, sind sie weg! So eine verfluchte Scheiße. Wie kann das sein? Einzige Möglichkeit: Da war einer im Zimmer, er ist im Schlaf bestohlen worden. Der Blutige! Der Blutige war's! Ganz klar. Der wollte sich rächen, wie er sich an allen Gästen rächt, von denen er sich gehasst fühlt. Er spürt das ganz genau, und nachts dringt er in die Zimmer ein, mit dem Generalschlüssel. Dieses verfluchte Dreckschwein, dieses verfluchte Dreckshotel. Alles scheint verloren, der Untergang unaufhaltsam. Ein schwarzes Loch ist das hier, wer einmal drin ist, kommt nie wieder raus.

Aber jetzt nicht komplett die Nerven wegschmeißen! Die letzten Kräfte mobilisieren, erst mal unter die Dusche, hilft immer, runterkommen, wieder halbwegs klaren Kopf bekommen. Akkurat gekleidet, mit frischgewaschenem Haar und glatt rasiert wird er beim *Hoteldirektor persönlich* vorsprechen, niemand Geringeren wird er zu sprechen wünschen.

Aber wo ist denn jetzt die Kulturtasche? Auch weg, auch geklaut? Das gibt es echt nicht mehr! Der Blutige, was ist das nur ein verdammtes Schwein! Er bekommt einen Tobsuchtsanfall, heult vor Verzweiflung, ist kurz vorm Durchdrehen.

Jetzt muss es schnell gehen, sonst ist der Blutige oder wer auch immer über alle Berge. Mit tropfnassem Haar öffnet er den Kleiderschrank. Leer! Dabei hatte er am Abend fein säuberlich seinen Anzug aufgehängt, direkt nachdem er wieder auf dem Zimmer war. Weg! Weg! Weg! Oder hatte er den gedankenverloren im Koffer verstaut?

Aber wo *ist* der Koffer? Der stand vor ein paar Minuten noch auf dem Kofferdingens. Wenn er eins weiß, dann DAS, das weiß er hundertprozentig. Moment mal! Moment mal. Ihm kommt ein ungeheuerlicher Verdacht. Er muss hier raus, sofort, unverzüglich, bevor auch er vom Zimmer verschl…

KIRSTEN FUCHS

ROSA MANTEL

hatte sich so sehr über die katze geärgert, dass sie sie bestraft hatte.
Nimmt die fliesen unter der wanne ab, bricht sich die fingernägel, da ist die tote katze?
sieht die pennerin ihr entgegen kommen
später fällt ihr eich, dass sie ihr den schlüssel gegeben hat
dass das alles schon lange her ist und dass sie sich über sie mal geärgert hatte
hennes?

Zwanzig Minuten sollte das Haarpflegemittel einwirken, und die Haare waren danach immer schön glänzend, aber ich wusste nicht, warum das Zeug so flüssig sein musste. Es lief mir in die Augen. Ich schloss sie. In der Wohnung war es still. Hennes hatte mir erst gesagt, dass er noch einmal wegmüsse, als ich schon mit dem Mittel auf dem Kopf und geschlossenen Augen in der Badewanne die zwanzig

Minuten abwartete. Ich lag nicht gern in der Badewanne, wenn ich allein zu Hause war. Ich hätte das nie gemacht, wenn ich gewusst hätte, dass Hennes noch einmal weggeht.

Ich hörte irgendein Klappern. Vielleicht hatte er was vergessen.

«Hennes!», rief ich.

Keine Antwort.

Vielleicht war die Katze nach Hause gekommen.

Die Pflegekur roch so süß, als würden sich darin Teile von Lebewesen zersetzen. Anfang des Winters hatte die Katze einen toten Vogel mit ins Haus gebracht und unter dem kurzen Läufer im Flur versteckt. Dort taute der Vogel und stank. Ich war empfindlich, was Gerüche anging. Ich hatte den Vogel über den Zaun geworfen, zu der alten Frau Riesen, die ihre beiden Cockerspaniel nachts in den Garten hinausließ, damit sie da ihr Geschäft verrichteten. Das konnten sie nur, wenn sie vorher und hinterher kläfften, erst weil sie mussten, und das war ja so aufregend, dann weil sie gemacht hatten, und das war ja so erleichternd. Die Stimmen der beiden Hunde waren hysterisch. Sie waren verrückt, die Viecher.

Ich wurde davon immer wach und ärgerte mich. Jede Nacht. Nachts war ich rasend vor Hass, morgens zu müde für irgendein Gefühl. Nachts tobten in mir die Worte, die ich sagen würde, schreien oder hysterisch bellen würde ich sie, wenn sie nur das verstand. Lassen Sie ihre scheißenden Sautiere nachts nicht raus, oder ich schnapp sie mir und werde sie mit Freude am Schwanz festhalten und gegen die Hauswand dreschen. Ich nahm mir jedes Mal vor, mit Frau Riesen darüber zu sprechen. Wir waren doch zivilisiert. Das müsste doch zu klären sein. Aber tagsüber, wenn ich sie traf, dachte ich nie daran. Ich war sehr vergesslich. Im Sommer stank ihr Garten von den Geschäften ihrer Hunde. Manchmal schob der Wind den Geruch in unseren Garten, als stünde direkt vor der Terrasse ein verwesendes Mammut. Wenn wir draußen aßen, kam mir alles hoch. Ich schnappte mir mein Essen, ging nach drinnen und knallte den halbvollen Teller so laut auf den Steintisch, dass einer schon mal zerbrochen war. Ich hatte kurz überlegt, die Scherben in eine leckere Wurst zu schieben, aber wir hatten Gott sei Dank keine Wurst da. Man wird ja nicht mehr froh, wenn man sich so versündigt. Auf einen stinkenden Vogel kam es also fast nicht mehr an. Vielleicht hatten ihn auch die Hunde in der Nacht darauf gefressen. Angeblich sind Geflügelknochen ja gefährlich für Hunde. Die Knochen splittern, die Hunde sterben. In der Nacht bellten sie. Ich hatte mich sehr über die Katze geärgert, weil sie den Vogel getötet hatte. Das tut man doch nicht. Ich musste sie bestrafen. Später ärgerte ich mich über mich selbst, dass ich das getan hatte, aber ich versuchte es zu vergessen.

Jetzt kam mir die Erinnerung, weil die Haarkur so stank. Vielleicht kam mir das alles nur so vor, weil ich den ganzen Tag den Geruch der Obdachlosen aus der U-Bahn nicht losgeworden war.

Ich hatte gesehen, wie sie auf der Bank des Bahnhofs lag und geweckt wurde. Als die Ordnungsleute weg waren, stieg sie in dieselbe Bahn wie ich, bestimmt ohne gültiges Ticket. Sie setzte sich neben mich und schlief wieder ein, vornübergebeugt. Ich blieb sitzen. Es tat mir leid, dass sie überall vertrieben wurde oder alle weggingen, obwohl ich das gar nicht wissen konnte, ich nahm's nur eben an. Sie roch schlimm, Haaransatzfett, Ohrendreck, zwischen ihren Beinen stieg ein übler Gestank hoch, und sie saß sehr breitbeinig. Ich tat, als würde ich lesen, aber ich wusste, dass uns alle ansahen. Ich in meinem schönen Kostüm. Wir mussten absurd nebeneinander aussehen, die, die es geschafft hatte, und die, die es nicht geschafft hatte. Ich konnte mir vorstellen, wie die Leute sich fragten, warum ich sitzen blieb, ob ich geruchsblind war, ob ich bescheuert war. Ich hatte ein so schlechtes Gefühl, das nur noch schlechter geworden wäre, wenn ich mich weggesetzt hätte. Ich zog meinen feinen japanischen Schal über die Nase und versuchte nur meinen eigenen Geruch einzuatmen, die Bodylotion vom Vorabend und das Parfum vom Morgen, aber ihr Dunst drang durch die feine Seide. Eine junge Frau setzte sich weg. Einige Leute wechselten den

Waggon. Ich atmete flach und so wenig wie möglich. Ich wollte nicht, dass diese Frau ganz außerhalb der Gesellschaft war. Wenn ich mich wegsetzte, wäre das doch verletzend. Und alle würden es sehen, und es wäre klar, warum ich mich wegsetzte und dass das meine Art war, mit Menschen umzugehen, die unangenehm waren, aber trotzdem noch Menschen. Und ich sah ja schon so aus mit meinen feinen Klamotten, den altrosa Schurwollmantel und der weiße dünne Schal. Wenn ich mich wegsetzte, dachten vielleicht andere, dass sie ebenso handeln konnten, und das sollte einfach nicht unsere Art sein, mit Menschen umzugehen. Aber fast hätte ich gekotzt, nur weil ich neben ihr sitzen blieb. Ich hatte mal gelesen, dass es Frauen auf der Straße noch schwerer hatten als die Männer. Sie wuschen sich nicht, um sich vor Vergewaltigungen zu schützen. Ich konnte mich nicht wegsetzen. Ich brachte es nicht übers Herz.

Sie schlief. Sie hätte es nicht bemerkt. Nach zwei Stationen kippte sie beim Anfahren des Zuges gegen mich. Dann stand ich doch auf und setzte mich weg. Alle sahen mich an.

Als der Sitz neben ihr frei war, kippte sie ganz um. Erst legte sich ihr schlafender Körper ganz von allein über drei Sitze. Vielleicht hatte sie sich von Anfang an hinlegen wollen, und es war ganz gut, dass ich aufgestanden war. Später fiel sie sogar auf den Boden.

Ich stand an der Tür, meine Nase in den Schal gesteckt, überlegte, ob ich sie wecken sollte. Irgendwann würden Ordnungsleute sie wieder vertreiben, oder der Zugführer würde sie finden und die Polizei rufen. Wenn sie sich wieder auf die Sitze legen würde, fiele sie vielleicht gleich noch einmal runter, oder war diese Art zu denken falsch? Jemandem nicht aufhelfen, weil er sonst erneut fallen könnte? Ich stieg eine Station früher aus und lief. Es war sehr kalt.

Den ganzen Tag hatte ich diesen penetranten süßen Geruch in der Nase. Ich wollte im Büro kein Croissant, zum Mittag keinen Nachtisch. Nach der Arbeit nahm ich den Bus und nicht die U-Bahn. Wenn ich mit dem Bus fuhr, musste ich noch ein Stück am Waldrand entlanglaufen. Es hatte angefangen zu schneien, und ich fror. Wieso war ich so dünn angezogen? Sie hatten doch morgens Schnee angesagt. Die Laternen am Waldrand hatten Bewegungsmelder, und die sprangen zwar sofort an, wenn man auf sie zulief, aber sie brauchten lange, um ganz hell zu werden. Sie funzelten am Anfang gelblich, und manchmal flackerten sie in solchen Abständen und nur ganz kurz, dass es auf mich selbst wirkte, als hätte ich gezwinkert, und ich hasste es, wenn es sich anfühlte, als hätte ich gezwinkert, obwohl ich nicht gezwinkert hatte. Es war wie ein kurzer Riss im Leben. Ich musste in die Dunkelheit hineinlaufen und dann in dem gelblichen Flimmern weitergehen. Hinter mir leuchteten die Laternen dann voll auf, aber nur sehr kurz, dann gingen sie wieder aus. Als ich diesen Weg entlangging, vor mir nur die Dunkelheit, in dem Vertrauen, dass die nächsten Laternen gleich angehen würden, da flackerte drei Häuser entfernt eine Laterne auf.

Einmal hatte ein Reh den Bewegungsmelder ausgelöst und war dann in den Wald gerannt. Ich konnte es nicht bestrafen, aber eigentlich wollte ich auch nicht ständig so wütend sein. Diesmal kam mir ein Mensch entgegen. Der Wind trieb den Geruch zu mir. Ich erkannte sie sofort. Was tat die hier? Hier war keine Notunterkunft. Sie trug einen altrosa Mantel und lief genau auf mich zu. Keine zehn Meter weiter musste ich abbiegen, aber ich blieb stehen und stellte mich ein Stück in den Wald. Die Laterne ging aus, weil ich mich nicht bewegte. Die Frau ging an mir vorbei.

Ich überlegte, wo die Frau wohl schlafen würde in dieser Nacht. Die Kälteunterkünfte waren voller Männer.

Vor Kälte schlotternd, kam ich am Haus an und fand meinen Schlüssel nicht. Ich hatte ihn normalerweise in der Innentasche des Schurwollmantels stecken, aber da war er nicht. In der Tasche fand ich auch nicht den Schlüssel mit dem Schlüsselanhänger, ein Pelzbommel. Normalerweise fand ich den Schlüssel immer sehr leicht, weil ich das weiche Fell gut fühlen konnte, selbst wenn ich den Schlüssel doch in die Umhängetasche geworfen hatte.

Vielleicht lag der Schlüssel im Büro. Ich war oft so

vergesslich. Hennes war zu Hause. Er ließ mich rein und fragte mich, wo mein Mantel wäre.

«Ich habe ihn in die Reinigung gebracht», sagte ich. «Er roch unangenehm.»

«Du immer mit deinem feinen Näschen», sagte er und küsste mich auf die Nase. «Gott, du bist ja eisekalt. Wie eine Leiche.»

Ich beschloss, nichts von dem verlegten Schlüssel zu erzählen. Hennes machte sich manchmal lustig über mich. Weil ich so oft etwas verlor oder verlegte oder einfach vergaß. Er meinte, ich würde auch allerhand verdrängen. Aber das stimmt nicht. Mein Vater war ein richtiger Verdränger gewesen. Er verdrängte sogar, dass er verdrängte. Als ich ein Kind war, hatten wir ein sehr altes Auto, denn leider waren wir arm. Es ist ein einziges Glück, dass ich es geschafft habe, seither so eine Karriere hinzulegen. Dazu muss man natürlich ein bisschen taff sein. Das war mein Vater nicht. Er war weich und fuhr bis zu seinem Tod dieses durchgerostete Auto. Als es am Boden durchrostete, legte er eine Fußmatte drüber. Er hatte kein Geld für die Werkstatt. Vielleicht hat er sich auch geschämt für das kaputte Auto. Er hat sich auch immer für seine schlechten Zähne geschämt. Weil er da keine Fußmatte drüberlegen konnte, sprach er immer so, dass man die Zähne nicht sah. Als die Fußmatte am Auto festrostete, legte er eine weitere Fußmatte drauf. Auf der Seite, wo ich saß. Er riskierte mein

Leben. Gut, ich habe ihm verziehen. Schwamm drüber. Jedenfalls mochte ich es nicht, wenn Hennes behauptete, ich würde ebenfalls verdrängen.

Als mir das alles einfiel, war ich ein bisschen böse auf ihn, aber ich hatte keine Lust auf ein Gespräch. Ich erzählte auch nichts von der Frau aus der U-Bahn.

Nach dem Essen ließ mir Hennes eine Wanne ein. Dann erst sagte er, dass er noch einmal wegmüsse. Ich ärgerte mich. Er wusste doch, wie viel Angst ich hatte, wenn ich allein zu Hause war und schutzlos und nackt in der Badewanne. Oder hatte ich ihm das nie erzählt? Ich war mir nicht mehr sicher.

Aber ich musste auf jeden Fall baden, denn alles an mir roch nach der Frau aus der U-Bahn. Ich nahm mir vor, sie in meinen Gedanken *Frau aus der U-Bahn* zu nennen und nicht *Obdachlose* oder *Pennerin*. Wie ich sogar noch nett zu sein versuchte, wo sie nicht mal mehr in meiner Nähe war! Ein Wunder, dass ich es geschafft hatte, mich zu waschen, anstatt ihren Geruch an mir zu ertragen.

Und jetzt roch diese Haarkur so ekelhaft. Zwanzig Minuten einwirken. Ich saß mit geschlossenen Augen, und die Spülung rann mir die Stirn runter. Immer wieder wusch ich mir das Gesicht, mit Badewasser, das ich mir ins Gesicht schöpfte, meine beiden Hände zu einer Schale geformt. Ich versuchte die Augen zu öffnen. Es brannte.

Ich weiß nicht, woher diese Badewannenmacke kam. Ich hatte Zwangsgedanken, die gedacht werden mussten, so wie ich als Kind beim Abwaschen zwanghaft daran dachte, die Teller mit einem kräftigen Schwung aus dem geschlossenen Küchenfenster zu werfen. Ich fragte mich, ob der Teller kaputtgehen würde oder eher die Scheibe. Noch schlimmer war es, wenn ich eine Pfanne abwusch. Die würde die Scheibe wohl auf jeden Fall brechen lassen. Dann würden die Scherben und die Pfanne auf die Straße fliegen. Direkt vor dem Haus war ein Weg. Ich hätte jemanden erschlagen können. Ich wollte das niemals tun, aber ich dachte es jedes Mal. Das eine Mal, wo ich es doch tat, lief gerade niemand vor dem Haus entlang.

Wenn ich in der Badewanne lag, wusch ich oft Haare und spülte das Shampoo mit der Dusche aus. Ich saß unter dem rauschenden Wasser, natürlich mit geschlossenen Augen, und immer dachte ich, wie sehr ich erschrecken würde, wenn ich die Augen öffnen würde und vor der Wanne stünde jemand. Selbst wenn es nur die Katze wäre oder Hennes. Ich würde so schreien. Ich hörte es schon in meinem Inneren. Und es ängstigte mich, mich selbst so schreien zu hören, auch wenn es nur in meinem Kopf war, und ich schrie davon in meinem Kopf noch lauter und panischer, und davon wurde ich noch ängstlicher. Meine Stimme klang ganz fremd, wie die einer anderen Frau. Ich hörte erst auf zu schreien, wenn mir jemand von hinten den Mund zuhielt. Zumindest war es dann still in meinem Kopf, aber mein Herz raste, weil an dieser Stelle diese Phantasie aufhörte und ich nie sehen konnte, wer mir den Mund zugehalten hatte. War es Hennes? Waren es Männer- oder Frauenhände?

Ich wollte die Haarkur ausspülen, aber immer wenn ich die Augen öffnete, brannte das Mittel wie verrückt. Ich musste plötzlich heftig weinen. Ich tastete nach der Dusche, aber sie war nicht in der Halterung. Sie war um den Wasserhahn gewickelt, und ich bekam den Schlauch nicht langgezogen. Es war wohl ein Knoten. Ich fluchte, hörte damit aber gleich auf, denn ich würde sonst nicht hören, wenn es ein Geräusch im Haus gab.

Ich beschloss, die Haarkur direkt im Badewasser auszuspülen. Ich hielt meine Nase zu und schloss die Augen, rutschte in der Wanne so weit runter, dass ich untertauchen konnte, und schüttelte unter dem Wasser meinen Kopf. Wenn jetzt Hennes nach Hause kam und nach mir rief, würde ich es nicht hören, und weil ich nicht antwortete, würde er mich suchen. Und wenn er mich so im Bad finden würde, stünde er direkt neben der Badewanne und würde auf mich heruntersehen. Ich würde schreien, und der Gedanke an dieses Schreien bewirkte, dass ich in meinem Kopf sofort zu schreien begann, und davon wurde ich wieder so panisch, dass ich die Augen öffnete. Ich zuckte so heftig zusammen, dass ich mir den Kopf stieß. Da stand wirklich jemand neben der Wanne. Ich sah die Person nur verschwommen. Das Haarkurmittel, dass im Badewasser war, brannte in meinen Augen wie verrückt, und ich musste sie wieder schließen. Wer war da? Ich setzte mich blitzartig auf und wischte mir die Augen trocken, aber die Person war weg. Ich hörte eine Tür ins Schloss fallen.

«Hennes!», rief ich. «Hennes!»

«Jaha», rief er aus dem Flur. «Ich brauch mein Ladegerät. Akku alle. Tschüss.» Die Tür fiel ins Schloss.

«Warte!», keuchte ich, sprang aus der Wanne und wollte zu ihm laufen. Dabei rutschte ich auf dem glatten Badezimmerboden aus und stürzte. Ich dachte noch kurz, dass die Haustür doch ganz anders klang als die Tür, die ich gehört hatte, dann schlug ich mit dem Kopf gegen den Wannenrand. Es hatte eher wie die Tür zum Keller geklungen. Gleich darauf war ich weg.

Als ich wieder wach wurde, waren meine Gedanken ganz klar.

«Na, komm hoch!», sagte ich und ließ sie aus dem Keller. Und mit ihr den Geruch.

Sie roch noch schlimmer, als sie in der U-Bahn gerochen hatte. Hatte sie sich in die Hose gemacht?

«Sie müssen sich waschen», sagte ich. «Auch die Haare. Ich lasse Ihnen eine Wanne ein, und hier habe ich so eine Spülung. Die ist sehr gut. Manchmal läuft einem was davon in die Augen, aber Sie können ja die Augen schließen. Und dann können Sie die nach zwanzig Minuten schon abspülen. Mit der Dusche, aber die ist gerade irgendwie. Also, ich habe das vorhin nicht abbekommen. Verknotet irgendwie. Ich halte mir dann die Nase zu, weil ich nicht tauchen kann, und dann lege ich mich rücklings in die Wanne und spüle die Haare im Badewasser. Ich geh dann raus, damit Sie sich nicht erschrecken.»

Ich brachte sie ins Badezimmer.

Dort roch es auch. Es war aber ein anderer Geruch. Hennes hatte ihn auch schon bemerkt. Manchmal hatte ich Raumsprays benutzt, aber jetzt sah ich nach. Es kam von der Wanne. Die war vorne verblendet. Es gab eine Klappe, so groß wie vier Fliesen. Eine Handwerkerhand würde reinpassen, eine Taschenlampe. Wenn es etwas zu reparieren gäbe. Die Abdeckung hatte zwei Riegel, die man drehen konnte. Dann konnte man sie rausnehmen, und in den weißen Fliesen war ein schwarzes, eckiges Loch.

«Riechen Sie das? Entschuldigen Sie. Ich hoffe, der Geruch ist für Sie nicht zu unangenehm, aber ich muss da jetzt mal nachsehen. Das kann ja nicht so bleiben.»

Ich holte die schwere Taschenlampe aus dem Keller und brachte auch gleich ihren Mantel mit hoch, steckte ihn in eine Tüte.

«Sie sind ja schon nackt. Entschuldigung, aber ich muss hier wegen der Klappe ...»

Ich hockte mich hin und leuchtete in die Öffnung. Dort lag etwas. Dieser Gestank. Ich griff rein. Es war weich wie der Pelzbommel an meinem Schlüssel. Schwarz.

«Das ist eine böse Katze», sagte ich.

Die Fremde saß vornübergebeugt auf dem geschlossenen Toilettensitz. Ihr Gesichtsausdruck. Erschrocken.

«Nicht so schlimm, wenn sie nicht rauskommen will. Ich lasse jetzt die Klappe auf. Sie kann ja rauskommen.»

Ich legte die verklebte Taschenlampe auf die makellosen Fliesen. Neben den altrosa Schurwollmantel. Ich drehte das Wasser ab und prüfte die Temperatur mit der Hand.

«Schön warm. Das wird Ihnen guttun. Sie sind ja ganz durchgefroren. Ärmste. Sie Ärmste. Sie arme, arme Frau.»

Ich half ihr in die Wanne hinein.

«Sie brauchen mein Mitleid nicht, ich weiß. Sie brauchen Hilfe. Ein warmes Bad. Neue Kleidung. Ich hole Ihnen was.»

Ich ging hoch und holte frische, saubere, schöne Kleidung. Teure Kleidung. Richtig schöne Sachen. Ich wollte mich nicht lumpen lassen. Ich hatte es ja.

Als ich ins Bad kam, schlug mir wieder dieser Geruch entgegen. Diese Katze.

Als Nächstes würde ich die Katze waschen, aber die musste erst mal da unten rauskommen.

Hennes würde bald nach Hause kommen.

Ich zog ihre Sachen an. Meine Sachen, und dann ging ich dahin, wo ich hingehörte.

Die Laternen blieben aus, als ich ging.

Es war kalt, und ich wusste schon, wo ich schlafen würde.

JENNI ZYLKA

SOUTERRAIN

Das ist Gregor: schwarze, sich lichtende Haare, durch die kalkweiße Kopfhaut schimmert. Hohe Wangenknochen. Augenschatten zu jeder Tages- und Nachtzeit. Den mageren fünfzigjährigen Körper gehüllt in dunkle Kleidung, Fetzen – einst waren das eine Hose, ein weißes Herrenhemd, eine Jacke. Dann muss sich ein Schwarm Raben darüber hergemacht und den Stoff mit spitzen Vogelkrallen zerschlissen haben.

Gregor, obwohl er so aussah, akzeptierte die Begriffe Gruftie, Gothic nicht für sich; sie waren ihm zu modern. Er war ein «Waver». Seit den achtziger Jahren hörte er New Wave. Bauhaus, Dead Can Dance, The Sisters Of Mercy, The Cure (selbstverständlich nur die Cure-Platten *vor* 1992, nicht ihre mit «Lovecats» eingeleitete, von Gregor verachtete sonnige Phase). In Gregors Nordfenster-Bude im Souterrain eines Hinterhauses in der Kreuzberger Böckhstraße, das der Gentrifizierung bislang entkommen konnte, schien nie die

Sonne. Und selbst wenn sie beschlossen hätte, sich nur ein einziges Mal im Norden blicken zu lassen, einfach so, um Gregor zu erhellen (und die Welt zu erschrecken), hätte Gregor es nicht mitbekommen: Sein einziges Fenster war durch einen dunklen Vorhang abgedichtet, an drei von vier Rändern war der blickdichte Stoff zusätzlich mit schwarzem Gaffatape bombenfest an die Wand geklebt.

Die Wände in seinem Schlaf-und-Wohn-Zimmer hatte Gregor anthrazitfarben gestrichen, spärlich beleuchtet wurde der Raum von drei flackernden Friedhofs-Lebenslichtern. Am Kopfende des dunkel bezogenen Bettes, auf dem Gregor die meiste Zeit verbrachte, stand das Prunkstück der Wohnung, das sagenhafte Kunstwerk, Gregors Ein und Alles: der Grabstein. Ein echter Grabstein, den er knapp dreißig Jahre zuvor nachts aus dem Vorgarten eines Steinmetzbetriebs entwendet hatte. Es war eine Herbstnacht gewesen, und Gregor war mit seinem Freund Olli von einer Party gekommen, auf der sie zum ersten Mal «Come as You Are» von Nirwana gehört hatten, eigentlich viel zu rockig, zu wenig düster für Gregor – aber er hatte zugeben müssen, dass man sich diesem Song nicht verschließen konnte. «Memoriiii-a, Memoriiii-a, Memoriiii-a», sangen sie auf dem Heimweg, bis Olli ausbrach mit «And I swear that I don't have a gun, no I don't have a gun!» Und als sie an dem Grabsteinladen an der Bergmannstraße vorbeitorkelten, Ollis altes Lastenrad schiebend, hatte dort der schwarze, etwa fünfzig Zentimeter hohe, rechteckige Grabstein mit der leicht geschwungenen, ordentlich eingemeißelten Aufschrift «Gregorius oder Der gute Sünder» gestanden, als Beispiel für die Handwerkskunst der Steinmetzwerkstatt.

Beide mussten kichern. «Brauch ick», hatte Gregor Olli zugenuschelt, war mit einem ungewöhnlich hohen Energieschub über den Zaun geklettert, mit vom Alkohol angestachelten Kräften hatten sie die sechzig Kilo zusammen hochgewuchtet, in Ollis großen Gepäckträger geknallt, hatten das Rad gickernd nach Hause geschoben. Mit dem letzten Rest an Muskelkraft und der Hilfe des meist schlechtgelaunten Hausmeisters Herrn Melek, der im ersten Stock des Vorderhauses residierte, hatten sie den Stein später, im Hinterhof, durch das Souterrain-Fenster auf das fensterbankbreite Kopfteil von Gregors Bett geschoben. Und sich noch wochenlang über Herrn Meleks spöttischen Kommentar «Ist das Couchtisch? Zu modern ...» amüsiert.

Seit dieser Nacht thronte der Stein über Gregors Bett. Und was machst du, wenn er mal umkippt, mitten auf dich drauf, während du schläfst, hatte Olli ihn gefragt, Gregorius, der gute Sünder, fällt auf Gregorius, den alten Säufer?

Das wäre doch ein Spitzenabgang, hatte Gregor geantwortet.

Und wenn du noch lebst, nur verletzt bist und ich dich von draußen dumpf stöhnen höre, hatte Olli gefragt.

Dann gehst du zu Melek, der hat einen Zweitschlüssel, hatte Gregor abgeklärt geantwortet. Der kratzt mich dann vom Stein und bringt mich ins Krankenhaus.

Vor 25 Jahren hatte der Grabstein immerhin eine Frau davon abgehalten, bei ihm zu übernachten: «Ist mir zu gruselig», hatte sie mit Blick auf erst Gregor und dann den Stein gesagt. Gregor hatte die Frau, deren Namen er direkt vergaß, danach noch ein paarmal erfolglos anzurufen versucht. Ein paar Wochen später schickte sie ihm ein Päckchen, ohne Absender, aber es war eindeutig von ihr, mit einer Dose «Grabstein-Neu», einem Spray, das laut Anleitung Pilzbefall auf Naturstein vorbeugen sollte. Sie hatte einen Zettel dazugelegt: «Vielleicht klappt's dann auch mit dem Nachbarn ...» Gregor war durch ihren Humor überfordert und auch ein bisschen beleidigt gewesen. Nach dieser Episode hatte jedenfalls kein weibliches Wesen mehr einen Fuß in Gregors Wohnung gesetzt. Inzwischen behauptete er, das mit den Frauen sei ihm egal, zu anstrengend, außerdem sowieso überbewertet; und das mit den Männern, was Gregor ebenfalls interessant gefunden hatte, wenn er ehrlich zu sich war, probierte er nicht aus, weil er die Musik in den einschlägigen Clubs nicht ertrug.

Gregor hatte fünfzehn Jahre als Kartenabreißer in

einem kleinen Arthouse-Kino gearbeitet, war mit 48 jedoch wegen einer schleichenden Osteoporose Frührentner geworden. Seitdem verbrachte er seine Tage mit Schlafen, Fernsehen, seltenen DJ-Jobs, dem Digitalisieren und Verkaufen von alten New-Wave-Bootleg-Kassetten, dem Erweitern seiner Expertise in Hammer-Horrorfilmen und der Vermeidung von Sonne. Seinen Freund Olli sah er nur noch selten, denn Ollis mit den Jahren so anders gewordener Lebensstil (Partnerin, zwei Töchter, Waldkita, Baugruppenmitgliedschaft mit regelmäßigen Plena) passte ihm nicht.

Am Abend des Tages, an dem sich die Grabsteinaufstellung in Gregors Wohnung zum dreißigsten Mal jährte, einem Sonntag, war Gregor den ganzen Tag nicht aus dem Bett gekommen. Bereits zum Frühstück hatte er eine Schüssel Haferpops mit Bier gelöffelt, sein klassisches Sonntagsarrangement (Gregor trank nicht mehr viel Alkohol, aber wenn, dann fing er früh an), später war er auf Rotwein umgestiegen, und gegen 19 Uhr macht er es sich mit dem Laptop auf dem Schoß auf seinem einzigen Sessel bequem, um zu checken, ob vielleicht jemand ein Cure-Bootleg bestellt hatte. Die Lüftung des steinzeitlichen Rechners war über die Jahre so laut geworden, dass ihr Rauschen das Zimmer erfüllte.

Gregor hörte darum das Kichern erst, als sie endlich Pause machte. Das Kichern klang hoch, hell, nicht besonders laut, irgendwie gläsern und seltsam bekannt. Als ob etwas, jemand in eine leere Flasche hineinkichern würde: «Hi-hi-hiii-hiiiii!»

Gregor schaute sich um und versuchte, die Quelle des Geräuschs zu lokalisieren. Aus dem inzwischen zugeklappten Laptop kam das nicht. Er lupfte vorsichtig die lockere Seite des schwarzen Vorhangs – es kam auch nicht aus dem Hinterhof. Gregor ging die drei Schritte zu seiner Wohnungstür und horchte – vor der Tür schien alles ruhig zu sein. Er öffnete sein Neunziger-Jahre-Klapphandy – der Akku war leer, das hatte er nicht bemerkt. Gregor stöpselte das Handy an das Aufladegerät. Wieder machte es «Hii-hiii-hiiiii!!», doch das Geräusch war diesmal lauter. Irgendwer hatte ihm mal erzählt, dass Ratten ihre Nester oft im Mauerwerk alter Gebäude bauen und man dann das Fiepen der frischgeschlüpften Rattenbabys hören könne – doch es klang irgendwie nicht nach Tieren. Das Kichern klang menschlich.

Gregor fröstelte ein wenig, er griff zur Bettdecke. Als er sich in Richtung Kopfende beugte, hörte er es ganz deutlich, Irrtum ausgeschlossen: Das «Hii-hiii-hiiii!!!!!» kam aus dem Grabstein. Klar und unverzerrt wie aus einem frequenzlinearen Lautsprecher drang hämisches Lachen aus dem schwarzen Stein.

Gregor zuckte zurück wie vom Schlag getroffen. Er knipste seine kleine Bettlampe an. Ein Knall, und die

Birne erlosch wieder. Gregor tastete nach einer der Friedhofskerzen, doch er musste mit der hastigen Bewegung einen Luftzug verursacht haben – die Flamme des roten Lebenslichts, das er normalerweise nur alle fünf Jahre erneuern musste, erstarb. Jetzt war das Zimmer wirklich dunkel. Und das Kichern lauter als je zuvor. «Hi-hi-hi-hi-hiiiiiiiii!!!!!!!!», kicherte es neben Gregors Ohr, der regungslos am Fußende des Bettes stand. Ihm ging die Pumpe, und wie. Seit er jenes «Grabstein-Neu»-Päckchen im Briefkasten gefunden und kurz für eine amouröse Botschaft gehalten hatte, hatte sein Herz nicht mehr so stark geklopft. Gregor tastete sich im dürftigen Schein der verbleibenden Kerzen Richtung Tür, der Schlüssel steckte. Kurz schoss ihm durch den Sinn, was er in einer Umfrage gelesen hatte – dass Menschen bei einem Hausbrand vor allem ihre Fotoalben vor den Flammen retten würden, und er streckte die Hand nach dem alten Klappschlosskoffer mit den Lieblingsbootlegs aus. Doch ein weiteres «Hi-hi-hiiiii!!!» ließ ihn erneut zusammenzucken. In Panik zog er den Schlüssel ab, er grabschte automatisch nach seiner Flohmarktjacke am Türhaken und rannte wie von Furien gehetzt aus der Wohnung, durch den Hinterhof und auf die Straße. Die ins Schloss fallende Tür verschluckte das geisterhafte Kichern.

Draußen vor dem Haus stand er eine Weile benommen und schwer atmend in den letzten Strahlen der

Herbstsonne. Dann schaute er die Fensterfront hinauf, um einen der Nachbarn um Hilfe zu bitten. Doch neben der Tür, in den drei mal vier Klingelschildrahmen neben den Klingelknöpfen, fanden sich nur zwei Namen: Im ersten Stock Vorderhaus das krakelige «Melek, Hausmeister». Und unter dem gemeißelten Wort «Hinterhaus», zuunterst der leeren Rahmen, auf seinem alten Schildchen in seiner schönsten schwarzen Runenschreibschrift «Gregor Kroll». Wo waren seine Nachbarn geblieben?

Gregor überlegte. War das Haus nicht immer bewohnt gewesen? Hatte es nicht eine dezent nach Tosca duftende Seniorin gegeben, die einen asthmatischen Hund hinter sich herzog? Eine türkische Familie, deren Mitglieder einmal zu Karneval allesamt als Panzerknacker gegangen waren, teilweise mit Kopftuch? Ein mittelaltes lesbisches Pärchen, bei dem er sich vor fast dreißig Jahren die Leiter ausgeborgt hatte, mit deren Hilfe er den Fenstervorhang ankleben konnte und die peinlicherweise immer noch bei ihm neben den Stapeln ungeöffneter Post hinter der Wohnungstür verstaubte? Und wieso war ausgerechnet der miesepetrige Hausmeister Herr Melek noch da, der jahrelang leise schimpfend die Tüten aus dem Glascontainer herausgezogen und in die richtigen Mülleimer hineingeworfen hatte?

An den Fenstern des Vorderhauses hingen keine Gardinen, sah Gregor verwundert, keine Fahrräder standen vor der Tür. Seit einiger Zeit, das fiel ihm jetzt ein, lagen auch kaum noch Mülltüten im Container. Gregor überlegte. Er hörte etwas, ein Geräusch, das ihm bekannt vorkam und das aus dem ersten Stock Vorderhaus kam. Durch den Hinterhof schlich er zurück zu seiner Wohnungstür, hinter der es immer noch kicherte. Gregor schulterte die Leiter, trug sie vorsichtig nach vorn und stellte sie an die Fassade. Er kletterte bis zum ersten Stock und lugte durch die vergilbten, aber noch einigermaßen durchsichtigen Vorhänge in Herrn Meleks Wohnzimmerfenster. Herr Melek saß vor einem kleinen Mischpult. Er hatte ein Mikrophon in der Hand. In das er schaurig hineinkicherte. Gregor klopfte an die Scheibe. Herr Melek erschrak so sehr, dass ihm das Mikro aus der Hand fiel.

Vor einer Hausverwaltung in Berlin-Mitte landete eine Woche später ein schwarzer Grabstein auf einem Luxuswagen. Die nagelneue S-Klasse gehörte dem Besitzer einer Häuserzeile an der Böckhstraße, das Auto wurde bei dem Vorfall komplett zerstört. Der Hausbesitzer, Vertreter eines schwedischen Immobilien-Konsortiums, das innerhalb von wenigen Monaten zwölf Häuserblocks in Kreuzberg gekauft und zu entkernen begonnen hatte, erstattete Anzeige gegen unbekannt. Seine Sekretärin, eine gebürtige Kreuzbergerin, hatte vorher durch das Fenster drei Männer um die fünfzig beobachtet, einer dünn und schwarz gekleidet, einer sportlich, einer mit vermutlich türkischen Wurzeln, die sich vor dem Haus zu schaffen machten. Sie hatte jedoch keine Veranlassung gesehen, ihrem Chef davon zu berichten.

Eine Anwältin des Berliner Mietervereins dagegen, die unter ihrem Powersuit ein «Joy Division»-Tattoo und den etwas unscharf gestochenen Kopf von Robert Smith versteckte, freundete sich kurz darauf mit ihrem neuen Klienten, einem alteingesessenen Mieter aus der Böckhstraße, an, der ihr eine unglaubliche Geschichte erzählte: Ein unter Druck geratener Hausmeister war im Auftrag der neuen Hausbesitzer in die Wohnung ihres Klienten eingedrungen, hatte dort einen Teil des Mobiliars mit kleinen Lautsprecherboxen ausgestattet, um den renitenten Mieter nachhaltig zu erschrecken und so aus der Wohnung zu vertreiben. Anscheinend hatte der Mieter alle Benachrichtigungen zum Thema Hausverkauf und die daraus folgenden Mieterhöhungen bislang ignoriert. Die Anwältin machte ihrem Mandanten Mut, zweifelte die Legitimität der Mieterhöhungen an und pochte auf seine besonderen Rechte als Langzeitmieter.

Sie wurde sogar zur ersten Frau, die wieder einen Fuß in das inkriminierte Apartment setzte und gleich über Nacht blieb. Keine weiteren Vorkommnisse waren zu vermelden – der große helle Fleck am Kopfende des von der Anwältin und dem Mieter benutzten Bettes war zwischenzeitlich von einem frisch gemeinsam auf dem Flohmarkt erstandenen Buch («Gregorius oder Der gute Sünder») und einem kleinen Zierdeckchen verdeckt worden. Um die Atmosphäre etwas freundlicher zu gestalten, wie der Mieter meinte.

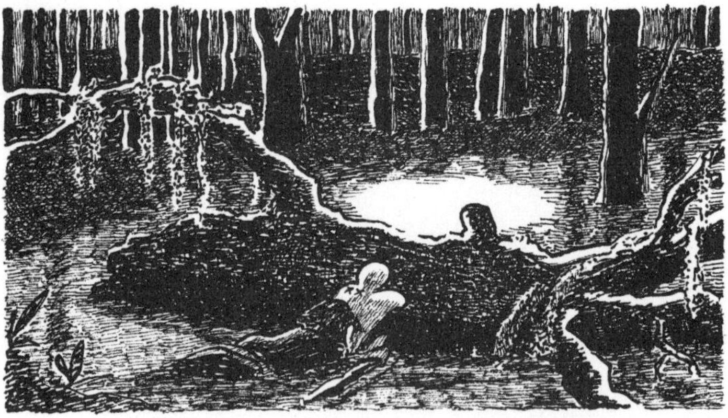

RALF KÖNIG

Dichtung des Schreckens

Nebel wabert überm Sumpfe.
Da, an morschem Baumes Stumpfe,
liegt, im dunklen Schlamm versunken,
eine Leiche, die ertrunken!

Soweit man noch erkennen kann,
war's einmal ein junger Mann,
Doch die Schönheit hat gelitten,
weil die Fäulnis fortgeschritten.

Durch tiefe Wolken, wie gewohnt
auf Grusellandschaft schaut der Mond
und wirft sein Licht nun seltsam bleich
auf diese fahle Männerleich.

Nun sehen wir ein altes Weib,
nackt und verschrumpelt, dürr der Leib,
fies schnüffelnd zu dem Toten rudern,
ihn in ihr Boot ziehn und zerfludern,
dann gierig ihm den Arm abreißen,
um wild ins Gammelfleisch zu beißen.

Hört, wie sie schmatzt und schnauft und schluckt,
und ab und zu 'nen Knochen spuckt!
Ganz furchtbar ist dies anzusehen,
ja, so weit kann der Horror gehen!

Der Wolf indes hat gute Ohren
und Augen, die ins Dunkle bohren.
Indes ein Werwolf sieht noch besser
und ist zudem ein Allesfresser!

So setzt er auch 'ne böse Vettel
ganz gerne auf den Speisezettel,
schleicht an sie ran und stürzt sich drauf,
reißt ihr den Greisenkörper auf,
dass sie erst röchelt und dann ächzt,
dieweil er mit den Lefzen lechzt!

Was ich hier kaum zu sagen wage:
Die wüste Bestie ist bei Tage
der nette Bürgermeisterssohn vom Dorfe!
Nun frisst er Omas, tief im Torfe!

Verschlingt genüsslich ihre Reste,
das Herz zum Schluss, das ist das Beste.
Doch seht, schon schwindet ihm das Fell,
der Morgen graut, langsam wird's hell.

Da steht der Sohn vom Bürgermeister,
Fridolin Bartoschewski heißt er!
Und Fridolin erschrickt nun sehr,
das Hexenfleisch schmeckt ihm nicht mehr!
Voll Abscheu steht er auf, er glotzt
entsetzt auf seine Tat und kotzt!

Als wär er nicht genug verdattert,
naht eine Fledermaus und flattert
hysterisch um ihn rum, um dann,
bevor er reagieren kann,
sich jäh auf seinen Hals zu stürzen,
der Dichtung Schrecken noch zu würzen!

Zu Werke geht hier ein Vampir,
der nicht so sterblich ist wie wir,
der gierig und vom Blutdurst stumpf
sich seine Opfer sucht im Sumpf!

Säuft Männerblut wie andre Wasser,
denn dieser ist ein Jungfraunhasser,
und einzig frisches Jünglingsblut
tut dem untoten Magen gut!

Wer Stories von Vampiren kennt,
der weiß, wie heiß das Taglicht brennt!
In seinen grausen Trunk versessen
hat der Dämon der Nacht vergessen,
dass die Dämmrung fortgeschritten!
Welche Gier hat ihn geritten,

dass er übersehen konnte,
wie sich das Moor allmählich sonnte?
Grad noch den Jüngling ausgelutscht,
der blutleer in den Sumpf entflutscht,
macht sich der Blutsauger jetzt Sorgen!
Denn durch die Schatten graut der Morgen!

Und Sonnenschutz ist, was er braucht,
drum ist er panisch abgetaucht,
tief ins Gehölz! Dort harrt er aus
im dunklen Nass, kann nicht nach Haus
in seine Gruft, in seinen Sarg.
Verflucht sei dieser Sonnentag!

Bereit, sich durch den Schlamm zu schinden,
um endlich den Vampir zu finden,
von dem schon lang die Leute unken,
dass er wohl Männer ausgetrunken,
naht bald ein Fledermäusejäger,
in hohen Stiefeln, ganz aus Leder,
er hat im Sumpfe was entdeckt,
das gleich sein Interesse weckt!

Des Unholds Nase guckt ein Stück
aus dem Gestrüpp! Na, so ein Glück!
Der Jäger greift zum Eichenpflock.
Der Fledermann steht unter Schock,
zu gern würd er sich wehren können,
doch Sonnenlicht würd ihn verbrennen!

PAC PAC! Ins Herz den spitzen Keil,
gleich staubt es heftig, alldieweil
Vampire ja schon ewig tot.
Nun kommt der Jägersmann in Not!

Denn eine Hand greift seinen Knöchel,
und aus dem Modder tönt Geröchel,
erst zieht's den Fuß, dann zieht's ein Bein
knietief in den Morast hinein!
Schon werden seine Hoden nass,
und dann der Arsch! Noch denkt er, dass
er sich befrein kann und entfliehn,
doch runter zieht ihn Fridolin!

Er sinkt jetzt schneller, bis zum Hals
steht schon der Schlamm, und einfach falls
ihn irgendjemand hören sollte,
schreit er um Hilfe! Doch es wollte
das Grauen wohl kein Happy End:
Blubs, war der Mann im Moor versenkt!

Nebel wabert überm Sumpfe,
da, an morschem Baumes Stumpfe,
liegt, im dunklen Schlamm versunken,
eine Leiche, die ertrunken ...

SVEN STRICKER

EIN HOFFNUNGSLOSER FALL

Gisbert war zweiundfünfzig und, darauf legte er größten Wert, ein ausgesprochen rationaler Mensch. Er war ein Pragmatiker, reiste stets an den Fakten entlang, war von der unbedingten Sichtbarkeit der Dinge so besessen, dass er in seinen festesten Momenten selbst die Existenz von Luft in Zweifel zog. (Natürlich wusste auch Gisbert von ihrer Notwendigkeit, aber so war nun mal der Mensch: vielschichtig sogar in seinen Versteifungen.)

Gisbert war Doktor der Meteorologie, er hatte jung promoviert, er liebte Zahlen, Flipcharts und Tabellen aller Art, hatte sich am Institut in beharrlicher Konsequenz an die Spitze der Abteilung *Wolken und konvektive Prozesse* gearbeitet und verfolgte das Wetter wie die Reise auf einer Datenautobahn. Romantik war seine Sache nicht. Wolken unterschieden sich in Cirren, Cumuli oder Strati, aber pure Schönheit oder das, was sich in der Vorstellung unverbesserlicher Traumtänzer darüber oder dahinter verbergen mochte, spielten für ihn keine Rolle. Gisberts Leben war eine andere Art von Traum: gut sortiert, auf solidem Wege, kompetent durchstrukturiert, ein steter, keineswegs reißender Fluss ohne aufwühlende Höhepunkte und nervtötende Tiefschläge.

Gisbert war zufrieden.

Gila war es nicht.

Gila war fünfundvierzig, mit Gisbert verheiratet und – ja, so musste man es sagen – das genaue Gegenteil von ihm. Eine Romantikerin. Eine Träumerin. Eine Tänzerin. Eine lockige Versuchung, in jungen Jahren berstend vor Lebensfreude, barfuß auf Schnee, immer bereit, das Dasein und bestehende Ideen davon in Frage zu stellen und zu verändern. Gila liebte Musik, den Mond, das Meer und die Melancholie. Genauso gern wie sie weinte, lachte sie. Es war ein herzliches, gewinnendes Lachen, einnehmend, die ganze Welt umarmend. Und es war im Laufe der Jahre immer seltener geworden.

Gisbert war ihr erster Freund gewesen, er hatte sie erobert mit seiner Klarheit, seiner Zielstrebigkeit, einem genauen Lebensplan und der damit verbundenen Absicherung für ihre Phantastereien. Und – auch wenn er selbst es weder wusste noch je Wert darauf gelegt hatte – unattraktiv ausgesehen hatte er auch nicht. Auf intellektuelle Weise anziehend war er gewesen. Damals, als seine Haare sich noch nicht in Richtung Hinterkopf zurückgezogen hatten, als sie so lockig waren wie ihre und seiner sonstigen Geradlinigkeit einen Hauch anarchischer Widerspenstigkeit verliehen hatten.

Gisbert und Gila würden in vier Tagen das fünfundzwanzigste Jahr ihrer Ehe begehen, die Gisbert zur Ausschöpfung steuerlicher Vorteile frühzeitig angestoßen hatte. Es war auf den ersten, zweiten und dritten Blick erstaunlich, wie diese beiden je hatten zueinanderfinden können, aber – und das war wissenschaftlich erwiesen – Gegensätze zogen sich eben an. Zumindest so lange, bis sie sich abstießen.

Heute, so ehrlich musste man sein, verband Gisbert und Gila nicht mehr viel außer der Ehe selbst und der vagen Idee, füreinander geschaffen zu sein. Jeder ging seiner Wege, die Koexistenz war friedlich, aber nicht von besonderem gegenseitigem Interesse geprägt. Kinder hatten sie nicht bekommen, es wäre speziell für Gisbert ein logischer Schritt gewesen, aber nach zwei Fehlgeburten und den damit verbundenen unangenehmen Empfindungen hatten sie es aufgegeben. Sie wohnten im vierten Stock eines Altbaus mit hohen Wänden und doppelverglasten Fenstern, es gab Stuck an den Decken und zwei Balkone, vorne wie hinten, sodass man der Sonne (Gila) und den Wolken (Gisbert) in ihrem jeweiligen Verlauf folgen konnte. Gila schrieb schon seit Jahren im Stillen an einem Kunstband, träumte von einem Durchbruch in, ja, in irgendwas, Gisbert hatte das geduldet, weil er wusste, der durch Widerspruch zu erwartende Ärger lohnte nicht den Aufwand. Er verdiente das Geld, sie räumte die Wohnung um und organisierte hin und wieder eine Vernissage oder Lesung im angrenzenden Café am Markt, eine Veranstaltung, die Monate der Planung erforderte, um dann von fünfzehn Leuten in auffälliger Kleidung und mit affig geschwenkten Weingläsern besucht zu werden. Gisbert machte die Sinnlosigkeit dieses Unterfangens wahnsinnig, aber er schwieg beharrlich. Seit Jahren. Aus Vernunft. Und Bequemlichkeit.

An einem Nachmittag im Oktober kam Gisbert etwas früher nach Hause als sonst. Warum, wusste er selbst nicht so genau, er hatte sich komisch gefühlt, seit dem Mittagessen schon, da war so ein Kloß im Hals gewesen, zunächst, er war in den Magen weitergewandert, ganz plötzlich, wie ein Geschwür hatte es sich angefühlt, zum Zittern und Schwitzen hatte er ihn gebracht, der Kloß, Gisbert war von seinem Schreibtisch aufgestanden, hatte etwas von Übelkeit und Reflux gemurmelt, desinteressiertes Nicken geerntet und mit seiner Aktentasche unter dem Arm das Meteorologische Institut verlassen. Er hatte die Blätter von den Bäumen fallen sehen, die Straßenbahn genommen, aus dem verschmierten Fenster geschaut und die Stadt wie eine entfernte Miniaturausgabe ihrer selbst an sich vorbeiziehen lassen, war exakt einhundertsechsundfünfzig Schritte von der Haltestelle bis zu ihrer Haustür gelaufen (Schrittlänge 72 Zentimeter), hatte die Vögel als zu laut und die Passanten als zu schemenhaft empfunden, die Treppe in präzise berechnetem Rhythmus erklommen, zwischen dem zweiten und dem dritten Stock eine kurze Pause gemacht, auf dem vorletzten Absatz den Schlüssel gezückt, aufgeschlossen, den Schlüssel in die Schale auf der Anrichte gelegt, die Aktentasche abgestellt, einen kühlen Luftzug verspürt und direkten Weges das Wohnzimmer betreten.

Gila stand am offenen Fenster auf einem Stuhl und putzte auf Zehenspitzen die obere Scheibe. Gisbert sagte nichts, stand einfach nur da und betrachtete die Rückseite seiner Frau. Ein schöner Hintern über etwas zu kurzen Beinen, im Laufe der Jahre breiter geworden. Schokolade plus Bewegungsmangel, dachte Gisbert, übersüßte Riesenseisbecher aus der Tiefkühltruhe plus Konservierungsstoffe beim Betrachten von Kunstfilmen aus Frankreich im Spartensender in dicken Wollsocken. Über dem Hintern ein kraftvoller Rücken und diese Locken, diese unbezähmbaren, unnachahmlichen Locken, die sie so gerne weitervererbt hätten.

«Ich bin wieder da», sagte Gisbert vernehmlich.

Der Stuhl wackelte kurz.

«Mein Gott, hast du mich erschreckt», sagte Gila, drehte sich aber nicht um. «Willst du mich umbringen?»

«Natürlich nicht», sagte Gisbert. In seinem Hinterkopf zuckte es.

«Was machst du denn schon hier?» Sie klang erschöpft. Warum klang sie erschöpft? Von dem bisschen Fensterputzen? Herrgott.

«Ich kann durchaus mal ein bisschen früher nach Hause kommen», sagte Gisbert steif.

«Natürlich», sagte sie, stieg ab, warf den Lappen in den Putzeimer und wischte sich die Hände an ihrem grün gepunkteten Rock ab. Sie sah ihn nicht an. «Ich hab nichts zu essen fertig», sagte sie.

«In der Kantine gab es Cordon bleu.»

«Das ist Fleisch aus Qualzucht. Du weißt das.»

«Ich weiß das. Aber ich denke nicht darüber nach. Ich habe absichtlich nicht darüber nachgedacht.»

«Du solltest darüber nachdenken.»

«Die Alternative war Hüttenkäse. Vegetarisch.»

«Hüttenkäse ist immer vegetarisch.»

«Ich wollte damit ja auch nur ausdrücken, dass mir nicht der Sinn nach etwas Vegetarischem stand, sondern nach Fleisch.»

«Nach Fleisch aus Qualzucht.»

«Nein, nicht nach Fleisch aus Qualzucht, nach Fleisch. Ich habe es nicht gegessen, weil es aus Qualzucht ist, sondern weil es Fleisch ist. War. Ich muss sowieso schon bei jedem Bissen an dein vorwurfsvolles Gesicht denken, da wollte ich den Restgenuss nicht mit überflüssigen Gedanken an gequälte Schweine verschwenden.»

«Solltest du aber. Denk nicht an mich, denk an das Schwein.»

«Der Unterschied ist ... na ja.»

Er biss sich auf die Lippen. Sie sah ihn an, mit dieser Mischung aus Enttäuschung, Verachtung und tiefgreifender Ablehnung, die in letzter Zeit immer häufiger auf ihrem Gesicht zu finden war. Eigentlich, wenn man es ganz präzise betrachtete, seit ungefähr zehn Jahren. Oder länger.

«Ein Witz», sagte er. «Das war ein Witz.»

«Bist du krank?», fragte sie.

«Nein.»

«Was machst du dann hier?»

«Ich hatte plötzlich das Gefühl, etwas muss sich ändern», sagte er. Der Satz war einfach so aus Gisberts Mund gefallen, ungebremst, ungefiltert, das war sehr ungewöhnlich für ihn. Auch inhaltlich. Wieso musste sich etwas ändern? Er war doch zufrieden. Zufrieden war er. War doch alles in Ordnung. Ging doch alles seinen Weg.

«Aha», sagte Gila erstaunt.

«Ja», bekräftigte er. Was gab es denn da zu bekräftigen?

«Also?», fragte sie. «Da bin ich aber mal gespannt.»

«Wieso?»

Ihre Nasenflügel blähten sich. «Weil ich mich nicht erinnere, dass du mal was verändert hättest. Du hast direkt nach deiner Geburt angefangen zu laufen, immer geradeaus, hast nicht einmal nach links oder rechts geschaut, und du wirst am Ende eines sehr langen Tages mitten auf dem Weg zu Boden sacken und einfach sterben. Du bist ... du bist wie eine deiner Wolken.»

«Wolken wechseln sehr oft die Richtung. Das Bild stimmt nicht.»

«Dann bist du eben doch nicht wie eine deiner Wolken. Ich entschuldige mich für das schiefe Bild.»

Sie wandte den Kopf ab und betrachtete fast sehnsuchtsvoll die Fenster. «Ich muss weiterputzen», sagte sie. «Sonst wird es dunkel, und ich sehe nichts mehr.»

Er nickte, sie drehte sich um, griff nach dem Lappen und stieg auf den Stuhl.

«Also?», ächzte sie und streckte sich. Der kühle Herbstwind wehte in das Wohnzimmer hinein und bewegte einige der getrockneten Lindenblätter, die Gila an die Wand geheftet hatte. Warum auch immer. Da hingen halt getrocknete Lindenblätter an der Wand, dachte Gisbert stets. Keine Sache, die großartig Sinn ergeben hätte.

«Was muss sich ändern?», fragte sie.

«Ich bin mir noch nicht sicher», sagte er. «Eigentlich weiß ich gar nicht, warum ich das gesagt habe.»

«Du sagst nie Sachen einfach so.» Gila ging auf die

Zehenspitzen. Der Stuhl kippelte. Altocumulus-Wolken jagten am Himmel dahin und wirkten heute besonders schuppig. Gilas rote Locken wackelten im Rhythmus ihres Putztuchs.

«Ich muss mich beeilen. Ich habe nachher den Selbsterfahrungskurs. Ich will dahin.»

«Selbsterfahrung», wiederholte Gisbert, seinen Ekel nur schlecht verbergend. «Okay.»

«Und morgen ist die Ausstellung bei Bakkes & Witwer. Aktfotografie vor Kriegshintergrund. Kommst du mit?»

«Auf keinen Fall.»

Gila seufzte. «Wir sollten mal wieder etwas zusammen machen. Das müsste dir doch einleuchten, oder? Beziehungspflege. Wichtig.»

«Ich weiß», sagte Gisbert. «Aber ich will nicht.»

«Dann schlag du was vor. Du redest von ändern, du willst doch was ändern. Es sind die kleinen Dinge, Gisbert. Die kleinen Dinge ändern, um Großes zu erreichen.»

Er trat einen Schritt näher heran. Er roch ihren Schweiß, er mochte ihren Schweiß. Hatte ihn immer gemocht. Gleichzeitig machte der Geruch ihn traurig. Er erinnerte ihn an früher. Gisbert war nicht gerne traurig.

«Halt mich mal fest», sagte sie. «Ich komm da oben nicht ran.»

Gisbert griff nach ihrem Pullover, hielt ihn in der

Höhe des Kreuzes fest, Gila ging endgültig auf die Spitzen, wie eine Balletttänzerin, das Putztuch hoch erhoben, er dachte an ihre Jugend, an das Lachen, die Sommersprossen, die vollen Lippen, den ersten Sex, die große Liebe, das Versprechen, die Hoffnung, über sie, diese Frau, aus sich selbst herauszufinden, Kontrolle abzugeben, frei und unbeschwert zu werden wie sie. Stattdessen war er so geblieben, wie er war, und sie viel zu sehr so geworden wie er. Etwas musste sich ändern. Aber was? Und wieso heute? Was war das nur für ein seltsamer Tag?

Gisbert dachte nicht weiter nach, stellte das Denken vorübergehend vollkommen ein, er ließ den Pullover los, führte Zeige- und Mittelfinger der rechten Hand zusammen und gab Gila damit einen Schubs, ganz leicht nur, es war eher ein Antippen als ein Schubsen, aber es reichte aus. Sie verlor das Gleichgewicht, ruderte mit den Armen, ein Ausruf des Schreckens, dann ging es abwärts, vier Stockwerke tief, Gisbert machte große Augen, der Aufprall auf Asphalt, der Aufschrei der Leute, es klang gar nicht so beeindruckend, da waren quietschende Reifen eines bremsenden Autos, er beugte sich vor und schaute hinunter, da lag sie, auf dem Gehweg, auf der Seite, einer gemalten Ägypterin gleich, genau, es sah aus wie auf einer alten Wandmalerei, irgendwie zweidimensional, ein Arm nach vorne auf der Höhe des Gesichts, der andere hinter ihrem Körper abgewinkelt, beide Beine wie im Lauf leicht gespreizt. Unter ihrem Schädel vergrößerte sich eine Blutlache.

O Gott, dachte Gisbert. O Gott. O Gott. Sein Verhalten, und das war unverzeihlich, war vollkommen irrational gewesen. Eine räumliche Trennung hätte doch auch gereicht. Für den Anfang. Vielleicht die Scheidung. Danach. Sie hatte ihm doch gar nichts getan. Und jetzt lag sie da unten, und er würde behaupten müssen, es wäre ein Unfall gewesen, und dann gab es Schererien und Polizei und Beerdigungskosten, und ihrer Mutter würde er es auch beichten müssen, und die war doch sowieso immer so hysterisch.

Gisbert trat einen Schritt zurück und nahm die Hände vors Gesicht. Dies war der schrecklichste Tag seines Lebens. Er taumelte durchs Wohnzimmer wie ein Betrunkener, stieß den Putzeimer um, das Schmutzwasser ergoss sich über den Boden und versaute den eh schon angegriffenen Perserteppich endgültig. Gisbert stellte sich vor, wie die Leute auf der Straße nach oben zeigten, zu seiner Wohnung, dem offenen Fenster, und fragte sich, ob sie ihn wohl gesehen hatten, wie er sich hinuntergebeugt hatte, hinunter zu seiner Frau, die jetzt nicht mehr seine Frau war, sondern nur noch ein lebloser Körper in einer Lache aus Blut.

Es klingelte an der Wohnungstür. Natürlich. Polizei, Feuerwehr, Passanten. Irgendwer.

Sollte er öffnen? Und dann was? Eine Einladung

zum Tee? Was war hier eigentlich los? Müsste er nicht vollkommen außer sich sein? Warum fühlte er nichts? War das der Schock?

Es klingelte erneut. Er ging ins Bad und träufelte sich Wasser in die Augen. Dann stürmte er zur Tür und riss sie auf.

Da stand Gila.

Gisbert riss die Augen auf.

«Na endlich», sagte sie. Sie hinkte an ihm vorbei und schien wütend zu sein. Das kam bei ihr nur allzu selten vor.

«Äh», sagte er. Und zeigte auf ihren Kopf. Oder das, was davon übrig war.

Sie sah verheerend aus. Blass, sehr, sehr blass, dazu war die Seite ihres Schädels, mit der sie auf den Asphalt getroffen war, eingedrückt, mehrere Knochen waren zu Bruch gegangen und stachen teilweise unangenehm heraus, ein großes, dunkles Loch verunzierte ihren hübschen Lockenkopf. Die Haare waren verklebt vom Blut. Davon abgesehen schien der Aufprall keine allzu schockierende Wirkung auf sie gehabt zu haben.

«Sag mal, hast du mich gestoßen?», fragte sie wütend, ihr Kopf zuckte hin und her und schien wie ein Störbild Zwischenstufen auszulassen.

«Was? Ich? Nein! Wie könnte ich? Wieso sollte ich?» Gisbert hielt die ein oder andere Unwahrheit im Moment für verzeihlich.

«Du lügst», fauchte Gila sofort. Man konnte ihr einfach nichts vormachen. «Du hast dir sogar Wasser in die Augen gespritzt, um irgendwie traurig auszusehen. Du böser, gemeiner, hinterlistiger …»

«Na, na», sagte Gisbert.

«Du hast mich allen Ernstes aus dem Fenster gestoßen! Das muss man sich mal vorstellen! Erst sprichst du jahrelang überhaupt nicht mit mir, und dann … anstatt erst mal über die Dinge … Findest du das nicht selbst ein wenig übertrieben? Du Arschloch?»

«Was heißt denn, ich rede nicht mit dir? Wir reden doch andauernd?»

«Aber nur über Dinge, die absolut nichts bedeuten. Und das weißt du ganz genau, weil du es nämlich genau so willst!»

Gila stapfte an ihm vorbei, zurück ins Wohnzimmer, zog das linke Bein dabei wie ein überflüssiges Anhängsel hinter sich her (wie konnte sie so überhaupt laufen, ganz ohne Gegengewicht?) und stellte sich schließlich unter das Fenster, aus dem sie eben noch gestürzt war. Sie untersuchte den Rahmen, als würde der ihr etwas erklären. Irgendetwas stimmte hier nicht, dachte Gisbert. Irgendetwas passte nicht. War nicht schlüssig. Und es war nicht mal nur Gila. Es war etwas mit dem Boden.

«Mein Mann – ein Mörder», sagte Gila. Es klang eher überrascht als wütend. Sie hatte Wut noch nie lange aufrechthalten können.

«Na ja, Mörder», sagte Gisbert schwach. «Ist ja nix passiert.» Gut, das war eine Untertreibung.

Sie wischte sich mit dem Ärmel über die blutende Nase, setzte sich auf den Stuhl unter dem Fenster, rieb die Knie aneinander, rutschte unruhig hin und her und musterte Gisbert dabei aufmerksam. Ihr Blick war verändert. Dunkler. Leerer.

«Wie fühlt sich das an?», fragte sie.

«Was?» Er wusste nicht, wohin mit seinen Händen. Wäre er doch im Institut geblieben.

«So was zu tun. So was Extremes. Nicht, dass ich nicht auch öfter daran gedacht hätte. Aber ich habe mich nie getraut.»

Er nickte und dachte nach. «Gut», sagte er dann verblüffend aufrichtig. «Erstaunlich gut fühlt sich das an.» Und bemerkte einen Moment zu spät, dass er damit alles zugegeben hatte. «Aber ich habe ja gar nichts getan», setzte er eilig hinzu. «Du bist einfach ...» Er machte mit der flachen Hand die Geste einer Sprungschanze.

Sie lachte. Es fehlten einige Zähne, unter anderem der Eckzahn rechts oben, den Gisbert immer besonders gemocht hatte, weil er so spitz war und bewies, dass der Mensch ein Fleischfresser war.

«Ach, Gisbert», sagte sie melancholisch und strich mit der Hand über das Fensterbrett. Er war mit ihren Stimmungswechseln immer schlecht zurande gekommen. «Was ist nur aus uns geworden?»

«Tut mir echt leid», sagte er. Und dann vorsichtig: «Gila?»

«Ja?»

Er zeigte mit dem Finger nach unten.

«Es ist mir ein bisschen ein Rätsel, ehrlich gesagt.»

«Was?»

«Vierter Stock.»

Sie nickte.

Er deutete auf ihren Kopf und das seltsam abgewinkelte Bein. «Ich glaube, du brauchst einen Krankenwagen.»

Sie winkte ab, als wäre alles nur eine Lappalie. Dann stand sie auf und mühte sich erneut auf den Stuhl, mit dem Gesicht zum Fenster.

«Du willst jetzt aber nicht weiterputzen?», fragte er erschrocken. Der Verlauf dieses Tages war, und das war absolut nicht in Ordnung, wirklich irritierend irrational.

Sie schüttelte den Kopf, setzte einen Fuß auf das schmale Sims, drehte sich noch einmal zu ihm und schaute ihn ein letztes Mal traurig von der Seite an. Dann blickte sie nach vorne und ging einen Schritt weiter.

«Nein», schrie Gisbert, stürzte ebenfalls zum Fenster, bekam sie jedoch nicht zu fassen, überhaupt nichts bekam er zu fassen, und als er sich vornüberbeugte, atemlos, panisch, war sie schon wieder aufgeprallt, lag genauso da wie zuvor, auf der Seite, wie eine Ägypterin, angewinkelte Arme, gespreizte Beine, Blutlache, die quietschenden Bremsen des Autos, entsetzte Passanten, eine sich anbahnende Massenversammlung vor seiner Haustür. Er taumelte zurück, stieß den Putzeimer um, der sich ein weiteres Mal über dem Fußboden ergoss, ja, ganz genau, das war es, das war das, was nicht gestimmt hatte: Der Boden war trocken gewesen, der Eimer wieder voller Wasser, als wäre er niemals umgekippt worden. Gisbert rutschte an der Heizung herunter und begann jetzt tatsächlich zu weinen, hemmungslos, haltlos, das letzte Mal hatte Gisbert so geweint, als sein Golden Retriever wegen eines Herzklappenfehlers und der damit verbundenen Lustlosigkeit eingeschläfert werden musste. Damals waren sie vierzehn gewesen, alle beide, der Hund und der kleine Gisbert. Warum fiel ihm ausgerechnet jetzt der Name des Hundes nicht ein?

Es klingelte an der Wohnungstür.

Gisbert hörte augenblicklich auf zu weinen, seine Gedanken waren nicht in Worte zu fassen, er zögerte, wartete, erstarrte, es klingelte noch einmal, er zog sich hoch, stand auf, schleppte sich zur Tür und horchte. Nichts. Er drehte sich mit dem Rücken zur Klinke, streckte die Arme aus und verbreitete sein Kreuz.

«Ich mache nicht auf», schrie er. «Die Tür bleibt zu.»

Es klingelte erneut.

«Wenn Sie nicht öffnen, öffnet die Polizei», sagte eine tiefe, männliche Stimme. Herr Konrad, der Hausmeister.

Ein Säufer, ein Schreihals, geschieden war der und nie zu sehen, wenn es galt, das Abflussrohr zu reparieren. Aber jetzt stand er da und spielte sich plötzlich als moralische Instanz auf. Wenn es ihn überhaupt gab, wenn er überhaupt echt war. Natürlich war er echt, dachte Gisbert. Es war vollkommen irrational, davon auszugehen, dass irgendetwas auf diesem Planeten nicht echt sein konnte. Dasein definierte sich durch da sein.

«Ich öffne nicht», schrie er. Und lauschte. Lauschte länger. Stille. Schweigen. Gisbert ließ die Schultern hängen, drehte sich um, ging in die Knie und spähte durch den Sucher. Niemand. Herr Konrad war gegangen.

Ein Geräusch. Ein Prusten, dann ein Rauschen. Es kam aus dem Badezimmer. Der Wasserhahn?

Gisbert kniff die Augen zusammen, aus dem offenen Fenster im Wohnzimmer erklang eine Sirene, er wollte fliehen, irgendwohin, wo nicht hier war, aber er glitt auf das Badezimmer zu wie auf Schienen und stieß die nur angelehnte Tür mit denselben Fingern auf, mit denen er vor kurzem noch seine Frau aus dem Leben befördert hatte.

Da stand sie, über die Badewanne gebeugt, jetzt doch etwas verwirrt wirkend, und steckte den Stöpsel in das Loch am Boden, ließ sich reißendes Wasser ein, das so heiß war, dass es alles in seiner Nähe zu verbrühen schien. Es dampfte, es war stickig, Schwaden zogen unter die Decke. Gila vergoss achtlos etwas von ihrem

Lavendelkonzentrat über der Wanne, scheiterte aber daran, den Deckel wieder zuzuschrauben. Vielleicht war ihre Hand gebrochen. Sie summte ein Lied, *Graue Wolken* von Blumfeld, damit hatte sie ihn manchmal geärgert, die Fliesen gaben ihrer Stimme diesen besonderen, hohlen Klang, den es nur im Badezimmer gab. Gisbert bekam kein Wort heraus.

«Heute war wirklich ein harter Tag», sagte sie tonlos und schaute dem Wasser beim Einlaufen zu. Das Loch in ihrem Schädel wirkte jetzt bald größer als der Schädel selbst. «Ich habe leichte Kopfschmerzen. Komisch, was? Wieso habe ich Kopfschmerzen? Ich habe sonst nie Kopfschmerzen.»

«Wie bist du hereingekommen?», fragte Gisbert.

«Eine Aspirin», sagte sie. «Hast du eine Aspirin? Ich glaube, ich brauche eine Aspirin.»

«Da nützt keine Aspirin», flüsterte Gisbert. «Du hast da ein riesiges ...»

«Sag mir nicht, wie ich aussehe.»

«Gut, du siehst gut aus.»

«Du hast mich schon so lange nicht mehr richtig angeschaut.»

«Doch», sagte Gisbert. «Doch, doch, ich schaue.»

«Wir sollten uns trennen.»

«Was?»

«Ich glaube, wir sollten uns trennen. Das wird mir jetzt klar. Wir hätten gar nicht erst heiraten sollen.» Gila befingerte vorsichtig ihre blutverkrusteten Haare. «Ich bin nicht mehr ich selbst.»

«Das könnte sein», sagte Gisbert. Er drehte der Badewanne das Wasser ab.

«Aber wir können uns nicht trennen», fuhr er fort. «Es ist zumindest nicht so einfach. Wenn man es mal analytisch betrachtet, das alles hier, dann bleibt nur ... es geht nicht. Ich kann mich nicht von dir trennen. Könnte ich mich von dir trennen, wärst du jetzt nicht mehr da.»

Gila lächelte verschleiert. «Füreinander geschaffen, was?»

Gisbert nickte. Zögerte. Appellierte an ihre Vernunft. «Du bist tot», sagte er.

«Das ist traurig», sagte sie, verließ das Badezimmer, wankte ins Wohnzimmer und zog dabei eine rote, flüssige, sich verbreiternde Schärpe auf dem Parkett hinter sich her. Gisbert eilte an ihr vorbei und riss den Stuhl unter dem Fenster weg. Blickte nach links, dann nach rechts und schmiss ihn schließlich mit aller Kraft hinaus.

Gila stieg trotzdem hinauf. Auch das war in einem Leben nach Gisberts Maßstäben kaum erklärbar.

«Du böser, gemeiner, hinterlistiger Mann», sagte sie zum Abschied, traurig klang es, dann war sie fort, wiederholten sich die Geräusche von unten, der Aufschrei der Menge, das bremsende Auto, Gisbert bemerkte das Verstummen der Vögel, das hektische Zusammenziehen der Wolken, er zog eine Ohnmacht in Erwägung, trat zurück und kippte den Wassereimer um, das Wasser ergoss sich über den Fußboden, es war blutrot, und Gisbert befürchtete, den Verstand zu verlieren. Oder ihn längst verloren zu haben. Es dauerte nur Augenblicke, dann klingelte es an der Wohnungstür, selbstverständlich.

Das Geschehen wiederholte sich, mit minimalen Abweichungen. Wieder und wieder klingelte es, egal, was er tat, Gila stand irgendwo in ihrer Wohnung, mal im Bad, mal in der Küche oder gleich am Fenster, tat irgendwelche Dinge, die sie immer tat, entrückt und doch so präsent wie seit ihrem Kennenlernen nicht mehr. Er schimpfte, tobte, fluchte, weinte und bekam einen sarkastischen Lachanfall, ganz egal, am Ende schaute sie ihn vorwurfsvoll und vor allem enttäuscht an, das war das Schlimmste, dann stieg sie aus dem Fenster, lag unten auf dem Gehsteig, zweidimensional, tot, bevor der Kreislauf von neuem begann. Gisbert hatte längst aufgehört zu zählen, es mochte an die zwanzig Male so abgelaufen sein, er hatte alles probiert, sich im Schlafzimmer eingeschlossen, fluchtartig die Wohnung verlassen, war nach unten gestürmt, aus dem Haus heraus, an dem Aufruhr vorbei, hatte nur einen flüchtigen Blick auf die Leiche geworfen, fast hatte er ihre Augen auf sich gespürt, gerannt war er, nicht sehr weit, aber für einen Mann seines Alters unangemessen schnell, bis zur U-Bahn-Station, und gerade als die Türen der U9 sich zu schließen drohten, war er hineingesprungen, mit letzter Kraft, außer Atem – und hatte gleich darauf wieder in seinem Wohnzimmer gestanden, vor dem Fenster, dem geöffneten, und direkt neben dem unversehrten und mit Schmutzwasser gefüllten Eimer.

Er ließ sich erschöpft zu Boden sinken und lehnte sich an die Wand. Streckte die Füße von sich, öffnete die oberen beiden Knöpfe seines Hemdes und starrte auf den Hopper-Druck an der gegenüberliegenden Seite, den es in einem Schreibwarengeschäft besonders günstig gegeben hatte. Sein gesamtes Lebenskonzept erwies sich als obsolet. Nichts von dem, was für ihn wesentlich gewesen war, hatte noch Bestand. Seine ganze Existenz basierte auf einem Irrtum.

Gila ließ sich neben ihm nieder.

«Na?», sagte sie und grinste mit ihrem teilweise zahnlosen Mund.

«Tut es weh?», fragte er.

«Nee», sagte sie. «Mir tut nichts weh. Und dir?»

«Sehr», sagte er. «Es tut sehr weh.»

Sie klopfte ihm tröstend auf die Schulter.

«Ach, Gisbert», sagte sie. «Wir hätten so viele Möglichkeiten gehabt. Weißt du noch, wir hätten nach Südfrankreich gehen können, kurz nach unserer Hochzeit.»

«Das war doch eine Sekte», sagte er. «Eine Sekte war das.»

«Ein Kunstprojekt», sagte sie. «Ich habe immer noch Kontakt, weißt du?»

«Nein.»

«Die leben völlig autark. Die haben das Meer, die Malerei und bauen ihr eigenes Gemüse an.»

«Sinnlos ist das. Auch volkswirtschaftlich.»

«Die Leute dort sind glücklich.»

«Denen geht es auch nicht immer gut.»

Sie lächelte.

«Natürlich nicht. Aber sie entwickeln sich. Sie wachsen.»

Gisbert traf das an einem wunden Punkt. «Ich sehe das völlig anders», sagte er. «Der Mensch als Individuum nimmt sich viel zu wichtig. Er muss nicht wachsen. Wachsen muss er nur als Kind. Er muss geboren werden, essen, verdauen, sich fortpflanzen und wieder sterben. Alles andere ist Beigabe, Beschäftigungstherapie, um die eigene Existenz nicht so trostlos zu finden.»

«Du bist ein trauriger Mensch.»

«Ich bin Realist.»

«Was bedeutet, dass Realisten traurige Menschen sind.»

Er erhob sich. «Aber du bist die mit dem Loch im Kopf. Ich lebe.»

Sie erhob sich ebenfalls. «Da bin ich mir nicht so sicher», sagte sie, stieg auf den Stuhl und ging aus dem Fenster.

Beim nächsten Mal saß sie plötzlich vor dem Fernseher, eine Tüte Chips in der Hand (die mit der ungarischen Gewürzmischung) und schaute sich weißes Rauschen an.

Sie deutete mit dem Kopf Richtung Fenster. «Es gibt nur einen Weg hier raus», sagte sie beiläufig, den Blick fest auf den Fernseher gerichtet, und zuckte begeistert zusammen, so als hätte es in dem Rauschen eine unerwartete Wendung gegeben.

«Ich bin doch nicht wahnsinnig», sagte Gisbert und zweifelte an seinen Worten. Er blinzelte mehrmals hintereinander, ging wie automatisiert in die Küche, öffnete den Besenschrank und holte hinter dem Staubsauger den Spaten heraus, mit dem sie vor vielen Jahren ihr weißes Zwergkaninchen Krümel im Wald begraben hatten und der extra zu diesem Anlass angeschafft und danach nie wieder benutzt worden war. Er eilte zurück ins Wohnzimmer, um Gila herum lagen lauter Chips verstreut, sie hatte eine unglaubliche Streuung, jetzt kicherte sie in das weiße Rauschen hinein und schien ganz und gar vom Flimmern der Mattscheibe gefesselt zu sein.

Gisbert stellte sich hinter sie, hob den Spaten, holte aus, zögerte pflichtgemäß für eine Sekunde, dann spaltete er Gila mit der scharfkantigen Seite des Blattes den Schädel. Gila stieß einen spitzen Schrei aus, der allerdings eher dem Inhalt ihrer imaginären Sendung zu gelten schien, jedenfalls griff sie auch danach seelenruhig in die Tüte und fütterte ihren nunmehr kaum noch vorhandenen, weil von oben zerteilten Mund mit einer weiteren Handvoll Chips.

Gisbert ächzte, ließ den Spaten fallen, Gila stand wie ferngesteuert auf, schaltete den Fernseher aus und ging zum Fenster. «Du bist wirklich ein böser, gemeiner, hinterlistiger Mann», sagte sie tonlos, dann fiel sie, da war er wieder, der Aufschrei der Leute, das Quietschen der Bremsen, Gisbert stolperte zum Fenster, taumelte rückwärts, stieß den Wassereimer um, dessen Inhalt sich über den Boden ergoss. Er verlor die Fähigkeit zum Atmen, zum Denken, hielt es keine Sekunde länger aus, dass sie, Gila, bald wieder neben ihm stehen, sitzen oder liegen würde, in dieser Wohnung, aus der er sie doch herausbefördert hatte, auch wenn es in dem Sinne überhaupt keine Absicht gewesen war, sondern ein Unfall, nichts als ein Unfall mit einem winzigen Anteil Vorsatz.

Er traf eine letzte, rationale Entscheidung und entschloss sich für die bedingungslose Kapitulation. Eine Übersprunghandlung, sicherlich, aber eine ohne Alternative. Er stieg auf das Fensterbrett, fühlte den Schwindel, der Himmel gab sich plötzlich wolkenfrei, er machte einen Schritt nach vorn, hörte den Aufschrei der Menge, sah, wie sich ihm die Zeigefinger der Glückseligen entgegenstreckten. Gila tauchte neben ihm auf und nahm seine Hand. «Siehst du?», sagte sie. «Es geht ganz leicht.»

«Ich hab es nicht mit Absicht gemacht», sagte er.

«Doch», sagte sie. «Aber es ist in Ordnung. Jeder macht mal einen Fehler.»

«Wirklich?»

«Wirklich.»

Dann sprang er, tatsächlich, er sprang, fiel, drehte sich in der Luft, es ging wirklich schnell, aber die Zeit reichte aus, um sie noch einmal zu sehen, Gila, die Liebe seines Lebens, tot, unten, auf der Seite liegend wie eine Ägypterin, er begriff, dass einfach alles in seinem Kopf passiert war, ausschließlich in seinem Kopf, dass es so etwas wie Geister nicht geben konnte, Wiedergänger, Untote, dass das alles hausgemacht war, es musste der Schock über das eigene Handeln gewesen sein und dass Gila sich nicht ein einziges Mal bewegt hatte, seitdem sie da lag, erstaunt, zerschlagen, längst in anderen Sphären. Der Aufprall war wie ein Ausrufungszeichen, hart, aber nicht der Rede wert, Gisbert zerteilte eine Ameisenstraße, es gab gewissermaßen Kollateralschaden, aber er spürte nichts davon. Er bedeckte den Boden, als wollte er sie spiegeln, ein weiterer Ägypter, nur in entgegengesetzter Richtung, seine Hand fiel direkt in ihre, und so lagen sie da, Gisbert und Gila, füreinander geschaffen, am Ende vereint.

Die Leute schrien hysterisch, begannen zu tuscheln,

Kindern wurden Augen zugehalten, Hände wurden vor Münder gehalten, dann kamen auch schon Polizei und Notarztwagen und räumten den ganzen Dreck weg. Es dauerte keine Stunde und alle Spuren waren beseitigt. Gisbert und Gila waren fort. Die Ameisen hatten sich einen anderen Weg gesucht.

DORIS KNECHT

ROT
STEHT MIR
NICHT

Das erste Mal sah ich mich an einem Dienstag im April. Es muss kurz nach zwölf gewesen sein. Ich stand eben bei «Tante Ritas Lunch» für mein Mittagessen an, eiskalter Salat mit Huhn in einer transparenten Cellophanbox, als ich mich die Auguststraße überqueren sah. Keine Ahnung, warum ich immer wieder in diesen Laden gehe, ich hasse dieses teure, eiskalte Essen, von dem meine Zähne schmerzen und das nach nichts schmeckt. Das erst nach etwas schmecken würde, wenn man es eine Stunde lang bei Zimmertemperatur stehen ließe, aber so viel Zeit habe ich nicht, und wenn ich sie habe, bin ich immer viel zu hungrig, um zu warten. Ich stand an einem der runden Tische, eine Plastikgabel in der Hand und eine Plastikflasche mit Wasser vor mir, ich kaute mein trauriges, geschmackloses Plastik-Essen, als ich mich sah. Meine Haare waren lang, glatt und viel heller, und ich trug einen roten Trenchcoat. Aber die Frau, die eilig über den Zebrastreifen ging, war eindeutig ich, auch wenn ich natürlich gleich anfing, daran zu zweifeln, an dem vollkommen sicheren Gefühl, das ich bei meinem Anblick hatte. Ich sah mir zu, wie ich auf der anderen Straßenseite in ein Taxi stieg, das Richtung Rosenthaler Platz davonfuhr. Ich hatte immer gedacht, Rot steht mir nicht, aber Rot stand mir gut.

Hinterher erinnerte ich mich daran, wie mein Körper von einem Gefühl überschwemmt wurde, das ich erst viel später identifizieren konnte, weil es sofort aus meinem Organismus wich, als das Taxi losfuhr und im Verkehr verschwand; mitsamt der Erinnerung an dieses Gefühl. Woran ich mich erinnere: dass ich dachte, Rot steht mir doch gar nicht, dass ich dachte, interessant. Dass ich dachte, aber meine Haare sehen gut aus so. Diese Dinge drangen in mein Bewusstsein, dieses banale Zeug, nicht dass es total irre war, mich selber zu sehen. Das wurde mir erst viel später klar. Ich hätte doch schockiert sein müssen, aber ich war es nicht, ich weiß nicht, warum, vielleicht war es ein übergeordneter Schock, der eine angemessene, also schockierte Reaktion verhinderte. Vermutlich glaubte mein Gehirn einfach nicht, was meine Augen da aufnahmen, und ordnete es deshalb nicht als etwas Verheerendes, Erschreckendes, Fürchterliches ein, sondern legte es irgendwo in der Abteilung Sinnestäuschungen ab, bei den Hirnrissigkeiten. Rot steht mir doch gar nicht, dachte ich, aber die Haare sind gut. Tatsächlich dachte ich im ersten Moment nur an die Haare und dass ich das vielleicht auch mal ausprobieren sollte, bis langsam in mich einsickerte, was ich da gesehen hatte. Mich. Ein Gespenst von mir. Einen ichförmigen Geist, der nicht ich sein konnte, denn ich saß ja hier vor meinem mistigem Essen, mit diesem unidentifizierbaren Gefühl, das nicht völlig unvertraut, aber vollkommen unpassend war in diesem Moment.

Danach habe ich lange überlegt, warum mir das Gefühl so vertraut vorkam, und ich identifizierte es eine Woche später, als ich mit dem Zug zum Flughafen fuhr, auf dem Weg nach Venedig. Es war dasselbe Gefühl, das man in den Sekunden hat, in denen ein Zug in den Bahnhof einfährt, ganz kurz bevor er ganz steht, in diesen letzten Momenten, in denen man sich selbst schon angekommen wähnt, aber der Zug fährt noch immer, ganz langsam, ganz zäh, als führe er durch Gelee. Es ist, als würde es einen innerlich überdehnen, zerreißen fast, bis der Zug endlich und wirklich zum Stillstand kommt. So war das, als ich von *mir* angesehen wurde, genau so fühlte es sich an – minus die Sicherheit, dass es jetzt gleich aufhören würde, dass es mich nicht wirklich auseinanderreißen würde, und das ist ein Gedanke, der mich seither nicht loslässt: dass ich tief in mir weiß, es wird geschehen. Dass der Zug, der Zug in mir, irgendwann nicht anhalten und mich auseinanderreißen wird, dass der Blick nicht von mir genommen, sondern mich auslöschen wird, dass ich nicht mehr da sein werde, nur noch *ich*.

Aber dann vergaß ich den Moment wieder, oder ich verdrängte ihn, drängte die Sache weg, legte das Gesehene in die Schublade mit den interessanten Täuschungen und den merkwürdigen Verwechslungen. Gibt's ja nicht, geht ja nicht, alles okay, alles nur eingebildet.

In der Nacht wachte ich auf, aus einem Albtraum. In dem Traum hatte ich meinen Sohn im Stich gelassen. Jimmy war klein, ein paar Jahre jünger als in Wirklichkeit, und ich hatte ihn an der Hand einer Fremden davongehen lassen. Jimmy hatte mich stumm angeblickt, mit kindlichem Unverständnis im Blick, und ich hatte ihn nicht einmal umarmt und geküsst, hatte ihm nur im Davongehen zugewinkt, mich dann umgedreht und war gegangen, nach Hause, ohne ihn. Irgendwo auf diesem Weg wurde mir im Traum klar, was ich getan hatte, und ich versuchte, umzukehren und ihm nachzulaufen, aber ich konnte nicht laufen, weil die Luft aus Gelee war, ich kam nicht vom Fleck, ich wurde gebremst, während Jimmy an der Hand dieser Frau immer kleiner wurde und schließlich aus meinem Blickfeld verschwand. Im

Traum schrie ich, aber auch mein Schrei wurde von dem Gelee verschluckt. Dann wachte ich auf, zitternd, in kaltem Schweiß, völlig verwirrt und von extremen Schuldgefühlen ergriffen. Ich hatte mein Kind im Stich gelassen, mein einziges Kind. Ich brauchte lange, um mich zu orientieren: Ich war hier, daheim, Jimmy war hier, drüben in seinem Zimmer unter den Star-Wars-Postern, alles war okay. Jan lag nicht neben mir, genau, aber alles okay. Trotzdem stand ich auf und tappte im Halbdunkel durch den Flur und öffnete vorsichtig die Tür zu Jimmys Zimmer. Der Mond leuchtete hell und groß durchs Fenster, Jimmy hatte die Decke von sich gestrampelt, und ich ging leise zu seinem Bett und deckte ihn zu. Danach konnte ich nicht mehr einschlafen. Jan fehlte mir, das Bett war viel zu groß ohne Jan, und ich grübelte über den Traum nach und über die Frau. Ihr Gesicht hatte ich nicht gesehen, nur langes helles Haar, das über einen roten Rücken fiel. Es dämmerte draußen schon, als ich zurück in den Schlaf fand, und als mich der Wecker aus dem Schlaf riss, fühlte ich mich, als hätte ich kaum geschlafen. Die Müdigkeit hockte bleiern hinter meinen Lidern, und sie verschwand auch nicht nach zwei Tassen starkem Espresso.

«Dreimal schlafen noch», sagte Jan, später, am Telefon. Die Verbindung war schlecht.

«Ich höre dich kaum», sagte ich.

«Dreimal schlafen noch!», brüllte Jan.

«Ja, ich freu mich auch», sagte ich.

«Wann kommst du genau an?»

«18.24.»

«Ich bin schon zu Mittag da.»

«Schön für dich.»

«Ich hol dich ab.»

«Das will ich doch hoffen.»

«Die Wohnung liegt fast direkt am Canal Grande. In der Nähe vom Rialto«, sagte Jan.

«Hab ich doch eh gegoogelt», sagte ich.

Ich ging zur Arbeit, ich machte am Küchentisch Hausaufgaben mit Jimmy, ich ging mit Helga in die Weinbar, ich vergaß. Ich wollte zu «Tante Ritas Lunch», mit Bastian, aber das Lokal hatte geschlossen, an der Glastür hing ein Zettel, auf dem irgendwas von Gesundheitsamt und Überprüfung stand und dass man so bald wie möglich wieder öffnen würde. Bastian und ich gingen in das Lokal daneben, wir saßen auf Barhockern am Fenster und aßen Sandwiches aus schlechtem, trockenem Weißbrot, und ich sah immer wieder hinüber zu der Stelle, an der ich in das Taxi gestiegen war, mit langen hellen Haaren und einem roten Trenchcoat, aber da war nichts. Ich hatte mir das eingebildet. Die Frau hatte mir ähnlich gesehen. Das war nicht ich, natürlich nicht. Wie auch. Was für eine blöde Idee.

Ich brachte Jimmy zu seinem Vater und dessen Frau. Ich hielt das Baby im Arm, während ich mit Joy plauderte, die Kleine ist sehr süß. Habt es schön in Venedig, sagte Joy. Werden wir, sagte ich. Ich nahm Jimmy fest in den Arm und drückte und küsste ihn, als ich mich von ihm verabschiedete; in fünf Tagen hol ich dich wieder ab. Er wand sich – Mamaaaaaa!! – aus meiner Umarmung, schnappte sich das Baby von Joys Schoß und knutschte es ab. Joy lachte, das Baby quietschte. Es hat kurze, dichte, dunkel gelockte Haare wie Joy. Es war nichts wie in dem Traum, und trotzdem dachte ich daran, als Jimmy in seinem Zimmer verschwand, ciao Mama, mach's gut, jaja, ich dich auch.

In der ersten Nacht in Venedig fiel mir etwas auf, das mir bei meinen früheren Besuchen in der Stadt nie aufgefallen war: Die Nächte sind still. Vollkommen still, kein Geräusch vor dem Fenster, wie sonst überall, in den Städten, am Land. Keine Autos, keine Motoren. Es ist in Venedig so still, wie es sonst nur in den Bergen ist, in abgelegenen Hütten. Als ich aus dem Schlaf schrak, wie in fast allen Nächten, war es so finster und so lautlos, dass ich kurz nicht sicher war, ob ich noch existiere. Es zog in mir, ganz leicht. Dann seufzte Jan im Schlaf, und irgendwo weit weg schrie eine Möwe. Ich war noch da. Alles war okay. Ich war noch da. Natürlich war ich da.

Aber ich schlief nicht mehr gut in dieser Nacht. Ich lauschte auf die Möwen, auf Jans Atem. Als es dämmerte, stand ich auf und ging ans Fenster, schaute hinaus, hinunter, zu dem kleinen Platz mit der nun geschlossenen Osteria. Unter mir eine Wäscheleine, an der Kindersachen hingen, ein kleiner Balkon mit Blumentöpfen. Kein Mensch. Ich konnte von hier oben in eine schmale Gasse sehen, die in tiefer Dunkelheit endete. Der Himmel über den Ziegeldächern wurde heller, ich sah die Kamine, die ihn zerstachen. Ein Geräusch holte mich zurück. Als ich in die Richtung sah, aus der es kam, löste sich aus dem Dunkel der engen Gasse ein Schatten, der sich dem Platz unter mir näherte, und als er ihn erreicht hatte, formte er sich zu einer Frau. Ihr Haar schien lang zu sein, glatt und blond, und als sie die Ecke erreichte und dort stehen blieb, erkannte ich sie, und während ich zurückwich, rückwärts in den Vorhang taumelte, hob sie langsam den Kopf, bis ihr Blick mich traf, und ich stolperte rückwärts in das Zimmer, mit einem Krachen und einem Schrei, der Jan aus dem Schlaf riss.

Jan stand in Schlafanzughosen über mir, sein weicher Bauch wölbte sich über den Hosenbund. Ich sah das, trotz meiner Panik, aber ich sah auch seine Verwirrung, die Panik in seinem Gesicht spiegelte die Panik, die ich fühlte und die nur ganz langsam meinen Körper verließ. Gleich langsam, wie diese innere Dehnung nachgab.

Was ist los, was ist passiert?

Ich konnte es nicht sagen. Ich wusste, wenn ich es Jan erzählte, würde nichts mehr sein, wie es war. Wenn ich es ihm erzählte, dann würde er mich nie mehr anschauen wie vorher, dann würde ein Rest von Misstrauen nicht wieder aus seinem Blick weichen, aus seiner Umarmung, aus seiner Berührung. Wenn ich es ihm erzählte, würde er mich fortan beobachten, würde er fortan nach den Zeichen suchen, nach Andeutungen, nach der Gewissheit, dass die Krankheit, die meine Mutter vernichtet hatte, gekommen war, um auch mich zu vernichten. Aber ich wusste, dass es nicht die Krankheit war. Ich hatte gesehen, wie die Krankheit sich an meine Mutter angeschlichen und sie Stück um Stück ruiniert hatte, und es war anders gewesen. Ganz anders. Meine Mutter hatte sich nicht irgendeinen Unsinn eingebildet, sondern sie hatte sich verändert, sie war ganz langsam zu einer anderen geworden, zu einer, die nichts mehr von meiner Mutter hatte, Stück für Stück waren meiner Mutter alle Eigenschaften abhandengekommen, die sie zu meiner Mutter gemacht hatten; die Freundlichkeit, die Zärtlichkeit, die Fürsorge, die Liebe. Am Ende war meine Mutter ein Brocken Zorn, der schließlich implodierte, ein Zorn, der sich selber aus der Welt zürnte. Es gab keinen Menschen in ihrer Umgebung, der nicht erleichtert war, als sie sich das Leben nahm, in einem spektakulären, blutigen Akt der Selbstzerstörung.

«Es ist nichts», sagte ich. Die Angst, von Jan für verrückt gehalten zu werden, drängte die Panik in den Hintergrund. «Es ist nichts. Ich dachte, ich hätte draußen einen Schrei gehört. So dumm ... Es waren nur Möwen, und eine ist auf das Fenster zugeflogen. Ich hab mich erschreckt und bin gestolpert. Es ist nichts. Tut mir leid, dass ich dich aufgeweckt habe.»

Jan half mir hoch, sein Blick war immer noch skeptisch, verschmiert von einer leisen Angst, aber diese Angst würde verschwinden, ich sah es, sein Vertrauen in mich hatte nur einen Kratzer abbekommen, nichts Tiefergehendes. Wir legten uns wieder hin, und Jan schlief gleich ein, aber ich konnte nicht mehr schlafen. Nichts, ich hatte nichts gesehen, ich hatte noch geträumt, ich war gar nicht richtig wach gewesen, die Möwen, das Geschrei, die fremde Stadt. Ich dachte an meine Mutter, an den Wahnsinn, der sie zerrissen hatte. Ich wollte nicht an meine Mutter denken. Ich loggte mich mit meinem Smartphone auf Instagram ein, scrollte mich durch die Fotos meiner Freunde und blieb hängen an einem Venedig-Foto, das jemand gemacht hatte. Ach, da waren noch andere Bekannte hier, wusste ich gar nicht, aber dann erkannte ich die unscharfe, durch zehn Filter getriebene Silhouette von Jan vor einem im

Abendlicht glitzernden Kanal, und ich sah, dass es mein Foto war, auf meinem Instagram-Account: aufgenommen an einem Ort an, dem ich noch nie gewesen war, und ich hatte dieses Foto nicht gemacht.

Und dann war nichts mehr, wie es war. Ich spazierte mit Jan durch die Gassen und über die Plätze, wir tranken roten Wein und aßen kleine Brötchen mit Fischaufstrichen, wir fuhren mit dem Vaporetto, und ich scannte die Straßen nach mir ab, die Vaporetti, die uns entgegenkamen, die Gassen, die sich vor uns öffneten, die Lokale, die wir links und rechts liegenließen, die Menschenmassen, durch die wir uns drängelten. Wir saßen am Campo Santa Margherita vor dem Caffè Rosso, wir tranken Aperol Spritz, wie richtige Touristen, und ich ließ den Platz nicht aus den Augen, aber ich begegnete mir nicht mehr. Da war nichts. Wie auch. Ein kleiner Junge spielte Fußball mit seinem Vater, mit einem blauen Ball, der Junge war winzig, aber er traf den Ball jedes Mal. Eine Frau ging mit einem Hund vorbei, der aussah wie sie. Ein Touristenpaar mit riesigen Schirmhauben blieb vor dem Caffè stehen, unter seinem Polohemd zeichnete sich eine Umhängebörse ab. Deutsche. Na ja, vielleicht Holländer. Nein, ganz bestimmt Deutsche, leider.

Ich wurde ruhiger, meine Gelassenheit kehrte zurück, meine Sicherheit. Es war nur ein Traum gewesen, nur ein Traum. Oder ich wurde langsam verrückt wie meine Mutter. Nein. Wurde ich nicht. Ich war nicht meine Mutter, und ich würde nicht enden wie sie. Ich hatte nur geträumt.

«Woran denkst du?», fragte Jan.

«An nichts», sagte ich.

«Es ist so schön hier», sagte Jan.

«Wunderschön», sagte ich.

Auf dem Heimweg gerieten wir in eine weniger laute Gasse, nicht einmal abgelegen, aber nicht so von Touristen überschwemmt. In einem Laden sah ich ein rotes Kleid, aus Seide, und ich ging hinein, um es anzuprobieren.

«Rot steht dir», sagte Jan.

«Nicht wahr», sagte ich. «Ich wusste es bisher nur nicht.»

«Kauf es doch», sagte Jan, und das tat ich.

Am Abend aßen wir in der Trattoria alla Madonna und ärgerten uns darüber, dass wir wie Käfighühner eingeschlichtet wurden, von hinten nach vorne, an winzigen Tischen. Ein Kellner in einem weißen Sakko warf uns Speisekarten hin, deutsch?

«Hier bleiben wir nicht», sagte Jan und stand auf.

«Okay», sagte ich.

Jan wartete, bis ich meine Tasche hatte, dann gab er mir die Hand, und wir gingen durch den Hauptraum des Lokals nach draußen. Unser Kellner kam, aber Jan winkte nur ab.

Grazie. No, grazie.

Als ich mich an der Tür, die hinaus in eine schmale, dunkle Gasse führte, noch einmal umdrehte, sah ich einen Kellner, der uns verächtlich nachblickte, und hinter ihm eine blonde Frau in einem roten Kleid. Ich zuckte kurz zusammen. Aber das war ich nicht, alles okay, alles gut. Die Frau, in dem roten Seidenkleid, die ich war, das war wirklich ich, und wir gingen hinaus auf die Gasse, in die kühle Luft, und dann fanden wir ein Lokal, mit freundlichen Kellnern, und das Essen war gut, und ich liebte mein rotes Kleid, und der Abend wurde sehr schön.

Ich schlief gut in dieser Nacht, ich träumte nicht, oder besser: Ich träumte nichts, was mir Angst machte, was mich noch den ganzen Tag quälen würde. Ich wachte kurz nach sechs auf, ausgeschlafen und munter, lauschte noch ein wenig den Möwen, dann beschloss ich aufzustehen. Ich duschte, ich zog mich an, ich ging hinunter auf die noch stille Straße. Ich ging über die Rialto-Brücke, in der grauen Morgenluft, fast ganz allein, nur ein paar Venezianer überquerten die Brücke mit mir, auf dem Weg zur Arbeit, sie gingen schnell und hatten keinen Blick für die Schönheit hinter uns und vor uns. Auf der Brücke stand ich allein und sah hinunter auf den

Canal Grande. In den Lokalen am Wasser wurden die Tische eingedeckt. Ich ging über den Platz am Canal, an dem Jan und ich am Abend zuvor noch ein Glas Wein getrunken hatten, er war still jetzt, kein Mensch, nur eine Kellnerin, die Servietten auf Tische legte und Sessel gerade rückte. Ich ging über den Fischmarkt und trank in einer kleinen Bar neben einer der Hallen einen Caffè doppio, den mir eine freundliche blonde Frau servierte, und dann noch einen, dann ging ich zurück auf die belebte Einkaufsstraße, um für Jan etwas zum Frühstück zu besorgen.

Da war ein kleiner Menschenauflauf an einer der Gassen, und als ich vorüberging, erkannte ich den Ort, es war die schmale Calle della Madonna, sie war abgesperrt. Ich konnte nicht viel sehen, Carabinieri verstellten die Sicht, ich sah nur einen Blutfleck in der Nähe des Eingangs, sehr groß, frisch noch, sehr, sehr rot. Ich fragte einen der Carabinieri, was da passiert war, auf Englisch, aber er scheuchte mich nur weiter, unfreundlich, ungehalten, weg mit der lästigen, neugierigen Touristin, die gaffen wollte, auf das Unglück anderer, auf eine Tragödie, die sie nichts anging. Außer dass ich das Gefühl hatte, dass es mich doch was anging, dass es mit mir zu tun hatte, oder besser mit ihr, mit *mir*.

Sie saß auf einem Sofa im Palazzo Fortuny, oben, im zweiten Stock, den man über eine schmale Treppe erreichte. Sie. Ich. Sie-ich. Der Saal war riesig und, als ich ihn betrat, in fast völlige Finsternis gehüllt. Gedämpftes Licht fiel nur auf die Kunstwerke: moderne Malerei, Performance-Videos und dazwischen jahrtausendealte Frauenstatuetten mit riesigen Brüsten. Ich war ganz allein in dem dunklen Raum, ich ging an den Wänden entlang und studierte die Kunstwerke.

Dass ich nicht allein war, bemerkte ich erst, als ich fast vor ihr stand. Sie saß dort, auf dem braunen Sofa, die Beine übereinandergeschlagen, zurückgelehnt in das Polster, und sah mir direkt in die Augen. Ihr Blick war spöttisch, ihr Lächeln reiner Sarkasmus. Hallooo, sagte das Lächeln, hier bist du also. Und hier war ich. Und diesmal wich ich nicht zurück, ich stürzte nicht, ich schrie nicht. Ich bekam die Panik, die mich überbrandete, unter Kontrolle, und ich blickte zurück in diese grünen Augen, die an mir zogen, die an mir saugten, die mich

«Lena?»

Ich drehte mich um, Jan winkte mir von der Seitentüre zu, durch die er von draußen, vom Balkon, hereinkam. Ich winkte zurück. Als ich wieder zum Sofa blickte, war sie weg. War ich weg. Da war nur ein großes Ziehen in mir, das langsam nachließ.

Danach vermied ich es, allein zu sein. Ich würde mir nur begegnen, wenn niemand in meiner Nähe war, niemand, den ich kenne, der mich kennt. Mich. Niemand, dem ich sagen könnte: Da! Siehst du mich auch! Niemand sah mich, außer ich. Niemand wusste, dass es mich gab und dass es *mich* gab. Ich hielt mich an Jan, der überrascht schien über die Nähe, die ich auf einmal so suchte, er war das nicht gewohnt von mir, und ich merkte, dass sich in seine Begeisterung über meine bedingungslose Zuwendung eine kleine Sorge mischte, ein Abtasten wieder nach dem Wahn meiner Mutter, und ich tat alles, um diese Sorgen auszuradieren. Ich glaube, es gelang mir ziemlich gut.

Und so fuhren wir glücklich heim, warm von warmen Tagen, weich von guten Berührungen. Mit dem Bus, mit dem Flieger, mit dem Taxi, aus dem Jan vor unserem Haus mit unserem Gepäck stieg, während ich weiterfuhr, in die Brunnenstraße, um Jimmy abzuholen. Ich hatte ihn fünf Tage nicht gesehen und freute mich auf ihn, wie jede Mutter. Ich würde ihn drücken und abküssen, egal wie sehr er sich gegen meine Umarmung wehren würde. In der Brunnenstraße ließ ich das Taxi halten, bezahlte und ging durch das offene Haustor in das Haus und in den zweiten Stock hinauf. Ich klingelte an der Tür, und als sie sich öffnete, stand Joy da, mit dem Baby auf dem Arm, und blickte mich mit wippenden schwarzen Locken verwundert an und fragte, ob wir was vergessen hätten. Hinter ihr stand die Tür zu Jimmys Zimmer offen, es war leer, und ich wusste, dass er nicht da war. Nirgends hier. Dass ich ihn geholt hatte, dass er fort war, und ich fühlte, wie es in mir zu ziehen begann, stark, hart und unnachgiebig.

ANSELM NEFT

SCHWEINSNACHT

Okay, ich erzähle euch die Geschichte noch einmal. Mike erzählt sie mir ja auch immer wieder, wenn ich ihn auf der «Geschützten» besuche. Hört zu: Dort, wo die Wälder sind – städtegroß, wo die Sümpfe und Hügel sind – traumverloren, wo jede Abkürzung ein falsches Versprechen ist und jede Ortschaft eine Kulisse, in der die Jungen auf Mofas im Kreis fahren, die Mittelalten die Böden mit Gift tränken und die Alten hinter den Gardinen lauern, alle taub für das Flehen eines Schweins und blind für die Schönheit eines Fuchses – genau dort ist es vor sieben Monaten passiert.

Vor sieben Monaten – da war Mike noch Sänger und Gitarrist von *Grand Guignol*, und *Grand Guignol* haben richtigen Heavy Metal gespielt. Und wenn ihr jetzt denkt, was ist das denn für ein französischer Scheißname, dann muss ich euch sagen: Langsam, Freunde. Grand Guignol nannte man früher in Paris so ein

Splatter-Theater mit viel Blut und Eingeweiden und Axtmördern und Werwölfen und Frauen, die ihre Kinder vergiften. Nach dem Zweiten Weltkrieg und dem Holocaust ging das dann mit dem Theater irgendwie nicht weiter. Aber Ende der Siebziger kam ja der Heavy Metal, und Mike hat schon recht, wenn er da auch eine Fortsetzung der Tradition sieht.

Grand Guignol, also die Band, kamen aus Euskirchen und haben Thrash gespielt, mit ein paar Black-Metal-Einflüssen. Aber im Gesicht angemalt haben die sich nicht und auch nicht ständig über Odin und die Schönheit nordischer Landschaften schwadroniert. Krasse Texte hatten sie allerdings, das schon. Ich meine, die haben jetzt nicht über Alltagsscheiße gesungen. Also, dass du dich in der Kleinstadt langweilst und vielleicht nie einen erträglichen Job findest und dich ständig fühlst, als würde entweder mit dir oder der Welt etwas nicht stimmen, und zwar von Grund auf und das schon bevor deine besten Kumpel bei einem Autounfall draufgegangen sind. So was nicht. Sondern es ging in den Texten um die «Black Witches», den «Cult of the Zombiewolf», die «Baroness of Slaughter» oder den «Reanimator».

Die Pseudonyme bei *Grand Guignol* sind noch voll Achtziger gewesen. Denn in den Achtzigern konnte man die Leute mit Heavy Metal noch schocken. Da wollte deine Tante noch nicht mit nach Wacken, um mit dir ein bisschen zu Motörhead zu schunkeln. Mike, also Michael Flessing, nannte sich Jason, und die Gebrüder Küpper hießen eigentlich Thorsten und Sven, bei *Grand Guignol* aber Freddy und Leatherface. Die Küppers waren ziemliche Brocken mit dunkelblonden, immer gepflegten Matten. Wie das bei so kräftigen Typen oft der Fall ist, waren die ziemlich lieb. Thorsten, also Freddy, hat Kindergruppen für die evangelische Gemeinde betreut und eine Freundin gehabt, die an Gott glaubte. Und Sven, also Leatherface, hatte schon eine Lehre als Tischler hinter sich; er wollte irgendwann einen eigenen Betrieb aufmachen. Freddy hat bei *Grand Guignol* Bass gespielt und Leatherface Schlagzeug. Und jetzt braucht ihr nicht lange raten, wer bei *Grand Guignol* das Sagen hatte, denn in einer guten Metal-Band kämpfen die Gitarre und der Gesang immer darum, wer lauter ist, dadurch kommt die Dramatik in den Metal. Da war jetzt also Jason für die Dramatik alleine verantwortlich. Die Küpperbrüder waren ja auch zu bodenständig und lieb und geduldig. Klar, gesoffen haben die auch gerne, aber nicht wie Jason alle möglichen Substanzen geschmissen, Chemie oder Natur – scheißegal. Wie auch immer: *Grand Guignol* waren echt heavy und Jason der Frontmann überhaupt. Der hatte einfach den Metal im Blut. Dünne, schwarze Haare fast bis zum Arsch, Akne, stechender Blick – der Jason sah schon so ein bisschen zum Fürchten aus. Aber auf der Bühne, wenn sie ihm das Gesicht von unten angeleuchtet haben und er auf so eine bestimmte Weise hochguckte – Alter!

Grand Guignol haben natürlich nicht nur geprobt und Konzerte gespielt, sondern auch ein Demo aufgenommen, «Season of the Reaper», und das wollten die fett produzieren lassen, bei Bob «Steelpriest» Naumann, *dem* Metal-Produzenten der Region. Bob meinte: «Ja, endgeil, kommt vorbei, wie wär's Karfreitag?»

Jetzt wohnte der Steelpriest mitten in der Eifel, in Muldenau. Der Ort hieß früher Pissenheim und davor Schweinheim. Ernsthaft. Das hat Jason später recherchiert, denn nach dieser Nacht interessierte er sich plötzlich sehr für die Volkskunde der Eifel, und was er darüber erzählen kann, das ist wirklich ultrakrass. Muldenau ist von Euskirchen nicht weit weg, also Luftlinie. Aber ihr wisst ja, wie das mit der Eifel ist. Da blickst du nicht durch, und dann das Dosenbier im Auto – da hat sich natürlich sogar Leatherface verfahren. Schweinheim, Kuchenheim, Ludendorf, Stoitzheim, Froitzheim, Flamersheim und plötzlich wieder Kuchenheim. Und weil die spät losgefahren sind, war es dann fast Abend, bis sie in Muldenau angekommen sind.

Muldenau müsst ihr euch so vorstellen: eine Senke im Wald, mittendrin eine Landstraße und links und rechts davon das Dorf. Deshalb auch das Mulde in Muldenau. Aber Jason meint, es komme von «Muttersau», auch wenn er das nicht beweisen könne. Egal. Ziemlich in der Mitte steht die Kirche, mit hohen, bunt bemalten Fenstern, und der schwarze Glockenturm hat so ein spitz zulaufendes Dach – ganz old school. Der Platz bringt die Kirche gut zur Geltung. Jason meint, wie ein Drache, der sich schlafend stellt, alt und lauernd. Rundherum kauern Fachwerkhäuser, aber auch diese Häuser, die bis auf Kniehöhe fies gekachelt sind und bei denen du denkst, die sind auch innen voll verkachelt. Wenn sich da einer erschießt, muss man hinterher den Raum bloß mit einem Schlauch sauber spritzen. Und dann gibt es auch zwei, drei richtig große, moderne Häuser mit viel Glas, wo du den Leuten ins Wohnzimmer gucken kannst. Ansonsten aber, ihr wisst schon: Namensschilder aus Salzteig und Sprüche auf den Fußmatten oder Häusergiebeln und an einem Haus eine Wäscheleine mit Babysachen und ein Storch aus Pappe am Fenster. Jetzt sind da aber noch mehr Dekorationen gewesen: Über der Straße hingen Girlanden mit bunten Papierblumen, und dazwischen Schweinefüße oder so was. Und auf die Toreinfahrten und Scheunen haben die Dorfbewohner mit Kreide Zeichen gemalt, so verschnörkelt wie von einem Black-Metal-Plattencover. Jason erinnert sich vor allem an die Zeichnung von einem irgendwie menschenartigen Schwein auf einem Thron mit so einer Bischofsmütze.

Jason, Freddy und Leatherface parken also an der Kirche, steigen aus und sehen, dass da auch alles dekoriert ist: Fähnchen, Blumen, Schweinefüße. Die drei stehen da und gucken sich das an, und in dem Moment kommt ein Mädchen aus der Kirche. Das Mädchen geht geradewegs auf sie zu, sieht super aus, stinkt aber tierisch – nach Jauche, nach verdorbenem Fleisch, aber auch noch nach etwas, was Jason immer wieder neu zu umschreiben versucht. Egal. Das Mädchen geht also auf die drei zu und trägt ganz normale Kleidung und ist auch nicht dreckig, obwohl sie stinkt. Die Küpperbrüder tun so, als riechen sie nichts, aber Jason rümpft die Nase und schüttelt den Kopf. Das Mädchen lächelt ausgerechnet Jason an und sagt zu ihm «Hallo».

Jason sagt auch «Hallo» und fragt sie nach Bob Naumann, und das Mädchen so: «Klar, der ist gerade bei uns. Mein Vater ist hier der Bürgermeister. Komm mal gerade mit. Ja, erst mal nur du, das ist meinem Vater sonst zu viel.» Die Dorfschönheit wirft ihre blonden Haare zurück und lächelt, als ob alles okay wäre, und hat dabei so ein Gesicht wie in der Reklame für Shampoo. Und die Küpperbrüder schauen sich nur an, meinen «Okay» und freuen sich aufs nächste Bier in der milden Abendluft. Die haben halt generell die Ruhe weg.

Jason also mit dem Mädchen los. Da hätte ich schon was geahnt. Da hätte ich schon gedacht: Hier stimmt was nicht, und man trennt sich als Gruppe jetzt mal besser nicht. Weiß man doch. Aber ihr dürft auch die Umstände nicht vergessen. Punkt 1: den ganzen Weg

Dosenbier, da bist du schon matschig im Kopf, wenn du in Muldenau ankommst. Punkt 2: das schöne, aber stinkende Mädchen. Da machst du Fehler.

Jason hat nachher erzählt, das Mädchen sei fröhlich gewesen, aber immer auch so ein bisschen kühl, so wie das sexy ist. Das muss man draufhaben als Frau, so zu gucken, als sei man nicht zu haben, aber vielleicht doch, und dabei nicht zu lebendig wirken, mehr wie ein Filmstar. Jason atmet also nur durch den Mund, und sie erzählt etwas von einer Schweinsnacht, die heute ist, weil der Heiland tot ist. Und weil der Heiland und Gott und der Heilige Geist eins sind, sind Gott und der Heilige Geist auch tot. Deshalb kann Gott bis zur Auferstehung nichts sehen. Keine Sünden. Da kannst du also machen, was du willst, und jetzt regieren wieder die alten Mächte. Das sagt das Mädchen und sieht dabei Jason in die Augen.

Das Haus von ihrem Vater ist ein toprenoviertes Bauernhaus, und davor steht so ein Riesenjeep. Cherokee. Und das passt, denn innen sieht das Haus halb voll modern aus und halb indianermäßig. Das kann man jetzt nicht gut beschreiben, aber in einem großen Raum ganz aus Holz hockt der Bürgermeister auf mehreren Bärenfellen im Schneidersitz in einer Runde halbnackter Männer und zieht an einer langen Pfeife, und an der Pfeife hängen Federn, und das Erste, was der Bürgermeister zum Jason sagt, ist: «Für jede gute Tat im

Dorf eine Feder. Man wird nicht einfach so Häuptling. Du musst die meisten Federn haben.» Das versteht Jason sofort, denn der ist ja auch Bandboss, weil er am meisten für *Grand Guignol* tut.

Der Bürgermeister ist aufgeschwemmt und freundlich, mit kurzen grauen Haaren und schlau blitzenden Schweinsaugen, so ein Managertyp, und der ist dann früher auch tatsächlich Manager gewesen. Motorola. Dann ist er aber wegen Burn-out ausgestiegen und hat sich selbst in der Eifel gesucht und in der Schwitzhütte bei der dritten Tür den Ruf bekommen: Du wirst jetzt Häuptling von Muldenau. Da hat der Jason schon gemerkt, das wird heute vermutlich nichts mehr mit den ersten Aufnahmen von «Season of the Reaper». Er hat das auch nur kurz angerissen und gefragt, wo denn Bob Naumann ist, aber zugehört hat ihm keiner, und die Tochter hat schon ziemlich bald erklärt, Jason ist ihr Bräutigam in der Schweinsnacht, denn als sie aus der Kirche kam, war er der erste Mann, den sie gesehen hat. Der Bürgermeister nickt und sagt: Ein Fremder, das wär klar, was das heißt. Und die Tochter nickt auch. Jason steht nur da. Aber der Bürgermeister ist ganz freundlich und meint: «Hier, hock dich zu uns auf die Felle. Schau dir mal die Decke an.»

Jason schaut hoch und sieht: Die Decke ist vollgemalt mit Symbolen. Also die Himmelsrichtungen und in der Mitte noch so ein Zeichen, das sollte die Leere darstellen. Da hat Jason also hochgeguckt und an der Pfeife gezogen, und ich sag jetzt mal: In der Pfeife ist nicht nur Tabak drin gewesen. Die Dosenbiere, die Aufregung, dann noch die Pfeife – klar, dass Jason in der Erinnerung ein bisschen durcheinanderkommt und behauptet, es hätte auf einmal wie im Schweinestall seines Onkels gerochen. Auf jeden Fall hat er sich plötzlich reingesteigert in die Sache mit dem Bräutigam. Volles Risiko. Heavy Metal halt.

Als sie endlich aufbrechen, dämmert es schon, und Jason sieht die Farben total intensiv und alles so ultraplastisch, krasser als heute in High Definition. Draußen ist das ganze Dorf auf den Beinen. Die Leute sehen eigentlich ganz normal aus, in Outdoor-Jacken und Jeans, mit Turnschuhen oder diesen Goretex-Latschen, Pullover, auf denen was draufsteht, oder Damen-T-Shirts mit Glitzer, und so Kindergärtnerinnen mit gefärbten Dorffrisuren und auch zwei Heavys dabei. Die einen sind schon Ökos, die anderen noch echte Bauern. Es sind aber zum Beispiel auch so Lehrertypen mit am Start, die das nervlich nicht aushalten, wenn sie nach Schulschluss nicht wegfahren können aufs Land.

Alle machen eine Gasse für den Jason und die Dorfschönheit und singen dabei, als ob sie nicht ganz richtig im Kopf sind: ein Durcheinander von ganz alten deutschen Liedern, aber im Indianer-Style, da hätte sich der Jason auch entrückt gefühlt, ohne vorher an der Pfeife gezogen zu haben. Es gibt einen richtigen Spielmannszug mit diesem großen Glockenspiel, das man hochkant hält, aber auch Trommeln, die du mit der Hand spielst, und ein paar Trompeten. Männer, Frauen, Kinder: alle singend in die Kirche. Klar, die haben da in Muldenau nicht viel Abwechslung, da gibt's ja kein Kino, keinen CD-Laden oder so ein Spielecenter oder zum Beispiel Bowling, was weiß ich, aber dass die gleich so kollektiv abgehen – krass.

In der Kirche hat Jason nicht schlecht gestaunt. Nicht nur wegen der Deko, also auch in der Kirche Schweinefüße und alles, sondern auch weil da die Küpperbrüder nackt kopfüber von der Decke hingen, und wie gesagt: beide ganz schöne Brocken. Unter dem Freddy stand etwas, das aussah wie eine Mischung aus Wassertank und Tabernakel, also das Ding, in dem die Katholiken den Leib Christi zwischenlagern, und der Jason wusste schon – das ist ein Häcksler. Das Kreuz hatten die Dörfler abgehängt, man sah noch die helleren Spuren, wo's gehangen hatte. Und die Heiligenfiguren in den Ecken trugen Schweinsmasken aus Modelliermasse und riesige Penisse oder Scheiden aus Fimo. Links vom Altar stand ein Thron aus alten Metallresten, und darauf saß ein riesiges menschenähnliches Schwein aus Wachs mit dieser Mütze wie auf der Zeichnung. Leatherface hing da von der Decke – der hat mit dem Gesicht fast das Wachsschwein berührt.

Jason ist zwar tierisch bedröhnt, hat aber schon mitgekriegt, dass die Situation nicht optimal ist. Ein Wahnsinnsgedränge. Und die Leute sind gar nicht andächtig, sondern mehr so im Karnevalsmodus. Und die Trommeln und Trompeten und das Hochkant-Glockenspiel – als ob Irre Musik machen. Dazu das Gesinge: *Hejaho, Hejaho*. Ein Typ, der aussieht wie Reinhard Mey, brüllt so laut, dass ihm die Halsschlagadern richtig dick werden.

Der Bürgermeister geht die vier Stufen hoch zum Altar, dreht sich um und hat auf dem Kopf diesen Häuptlingsfederschmuck. Seltsamerweise sieht das gar nicht albern aus. Er macht ein Zeichen, und die Leute werden still. Er erzählt so Sachen wie Gott ist tot und Schweinsnacht und Bräutigam und Fremde und Opfer für die Muttersau von Muldenau. So viel versteht Jason, und spätestens jetzt ihm klar: Hier geht es um Leben und Tod. Die Tochter und Jason werden dabei die ganze Zeit von allen Seiten mit Körnern beworfen. Lange redet der Bürgermeister nicht, dann klatscht er in die Hände, und zwei Jungen in Latzhosen schleppen einen Bottich neben den Altar, der ist randvoll mit einer richtig perversen Paste. Jason flüstert der Tochter ins Ohr: «Ich will nicht sterben.» Und die Tochter flüstert zurück: «Nimmst du mich mit?» Und da sagt Jason: «Dich nehme ich überallhin mit, Baby.» Bei so was ist der Jason souverän.

«So, ihr Lieben», ruft der Bürgermeister, «jetzt ziehen

sich alle aus», und fängt selbst an, sich auszuziehen. Jung, alt, dick, dünn – egal: alle runter mit den Klamotten. Die Dorfschönheit hilft dem Jason, und das hätte erotisch sein können, ist es aber nicht, wegen den Umständen. Der Freddy und der Leatherface schaukeln an der Decke, und rundherum sind jetzt nackte Leute. Draußen wird es schon dunkel, drinnen brennen Kerzen und Fackeln, und du siehst das Licht unruhig über das nackte Fleisch tanzen. Jason behält die Nerven und sagt beim Ausziehen zu dem Mädchen: Hier mein Wagenschlüssel, versteck den. Ist ja klar, wo der Jason denkt, dass die den versteckt, und wundert sich total, als er was Kaltes zwischen den Pobacken fühlt, und zack ist der Schlüssel fürs Auto im Arsch vom Jason.

Die meisten Leute sind ziemlich schnell nackt, nur bei den ganz Kleinen und bei den Alten dauert es länger, da muss teilweise geholfen werden. Die Ersten fangen schon an, sich mit der Paste einzuschmieren, unter den Achseln, auf den Augenlidern und zwischen den Beinen. Manchmal gegenseitig. Und dabei fangen sie an zu quieken und zu grunzen, da hättet ihr Schiss gekriegt. Der Bürgermeister sagt, *jetzt* ist Hochzeit, und die Tochter ist die Erde und der Jason ist der Himmel und soll über ihr sein und auf sie regnen, und das Ganze auf dem Altar. Um den Altar herum und in der ganzen Kirche die Nackten.

Leatherface hat mittendrin plötzlich losgebrüllt, aber

nach etwa einer Minute wieder aufgehört. Die Tochter hat sich nackt auf den Altar gelegt. Wenn ihr vorher schon dachtet, das ist laut in der Kirche, dann hättet ihr jetzt mal hören sollen, wie alle gleichzeitig dieses *Hejaho* angestimmt haben. Aber es klang jetzt gurgelnder, gepresster. Damit das an den Knien nicht wehtut, hat Jason mehr so Liegestütze auf der Frau gemacht, und dabei hat sie ihm ins Ohr geflüstert: «Auf drei runter vom ... hejaho ... du linke und ich ... hejaho ... Kette ... hejaho ... aus Bodenhaken ... hejaho ... dann hoch zum Fenster ... hejaho ... du ab nach draußen.»

Jason hat genickt, und schon hat das Mädchen «drei» gerufen. Beide runter vom Altar und zu den Ketten, wo jeweils an einem Ende ein Küpper hing und das andere Ende an einem Eisenring im Boden. Die Dorfschönheit macht den Haken im Eisenring bei der Kette vom Leatherface los und saust mit der Kette ab nach oben, während Leatherface nach unten kracht. Jason macht das Gleiche beim Freddy, aber da gibt es ein Problem: Freddy fällt nicht auf den Boden, sondern in den Häcksler. Eigentlich nicht so schlimm, aber einer von den irre grunzenden Latzhosen-Typen schaltet sofort das Ding an. Jason also schon auf halber Höhe, da gibt es einen Ruck. Die Kette bewegt sich plötzlich nicht mehr, dann gibt es wieder einen Ruck, die Kette rutscht mit Jason ein Stück nach oben, dann wieder Stillstand. Jason meinte später: Wenn dein Freund Stück für Stück in einem Häcksler verschwindet und sich dann nur noch seine Beine im Kreis drehen und schubweise kürzer werden, dann ist das echt übel, aber irgendwie hast du auch Distanz dazu, eben weil's so extrem ist. Wozu du keine Distanz hast, ist dieses Gefühl in den Händen, wenn die Kette darin stockt, und dieses Geräusch, als ob jemand volle Kanne mit dem Rasenmäher über eine dicke Wurzel fährt.

Jason und Leatherface sind jetzt hellwach und voll pragmatisch. Überlebenstrieb. Und die Muldenauer flippen total aus. Alle quieken und grunzen durcheinander, winden sich, verrenken die Glieder oder gehen auf alle viere. Jetzt alles simultan: Leatherface reißt an seiner Kette. Die Dorfschönheit fällt zu ihm runter. Er nimmt sie in den Schwitzkasten, als Geisel quasi. In der Nähe ist die Tür zur Sakristei, und dahin will Leatherface und dann raus aus der verdammten Kirche. Jason ist auf der anderen Seite des Altarraums gut drei Meter in der Höhe und tritt mit den Fußsohlen gegen das Kirchenfenster. Das Glas bricht, aber das Fensterkreuz nicht, klar, und Jason also die Beine zusammen und rechts unten durch den gesplitterten Teil der Scheibe. Das Glas schneidet ihm die nackten Arme und Beine auf, dann fliegt er durch die Äste von einem Baum und knallt neben der Kirche auf den Boden, und zack: Arm gebrochen. Er merkt das aber gar nicht. Endorphine halt. Beim Laufen checkt er ganz nüchtern:

Okay, der Arm ist hin. Egal. Weiter. Auf dem Parkplatz ist Jason schon, und das Auto steht keine hundert Meter entfernt. Leatherface und das Mädchen sind nicht zu sehen, und Jason freut sich, dass er den Schlüssel hat. Mit zerschnittenen Füßen humpelt er zum Auto, da kommen die ersten Muldenauer aus der Kirche, und jetzt hättet ihr euch gefragt: Ach du Scheiße, was ist denn mit denen? Da war was mit dem Licht, also Mond und Parkplatzlaternen und Fackelschein aus dem Inneren der Kirche, und da war was mit den Bewegungen und mit den Geräuschen, weshalb Jason heute meint, das waren keine Menschen mehr.

Jason handelt sofort, zieht sich den Schlüssel hinten raus und schafft die letzten Meter bis zum Auto. Da springt ihn das erste Etwas an, ein kleines Wesen, bei dem du die Rippen zählen kannst, und da tritt Jason rein, aber das magere Ding lässt nicht locker. Jason hebt gerade noch rechtzeitig das Knie, reiner Reflex, und da ist Wucht dahinter, wegen dem Adrenalin. Es kracht, und ihr könnt euch schon denken, der Kiefer ist gebrochen, und wenn du jemand beißen willst, aber dein Kiefer ist gebrochen, dann hast du schlechte Karten. Und dann sieht es Jason: Im weit geöffneten Kirchenportal erscheint ein richtig großes Vieh mit Häuptlingsschmuck auf dem Kopf, und die Augen von dem Vieh blitzen gelb und böse und haben den Jason im Visier, dann galoppiert es los.

Jason ist sich sicher: Wäre nicht Leatherface angerannt gekommen, von hinter der Kirche und mit einer Kettensäge in der Hand – ich meine, warum soll in der Sakristei einer Kirche, in der ein Häcksler steht, nicht eine benzinbetriebene Kettensäge rumliegen –, also, Jason meint, wäre der Leatherface nicht angelaufen gekommen, das wäre sein Ende gewesen. Denn kurz steht er im Blick des Riesenschweins, wie paralysiert, und schon wuchtet sich das Wesen auf den Jason und wühlt mit seiner beweglichen Schnauze in seinem Gesicht. Jason spürt die spitzen Zähne an seinen Lippen zutzeln, er schlägt mit dem Arm, der nicht gebrochen ist, aber das Schwein ist schwer, stark und zu allem entschlossen. Hinter dem Schnorcheln und Schmatzen und Rüsseln hört Jason das Knattern der Kettensäge. Dann hört er es nicht mehr, weil ein lautes Quieken ihm fast das Trommelfell zerreißt. Der nackte Küpper liegt plötzlich neben ihm, die Arme mit der Kettensäge ausgestreckt, und es knattert und röhrt und glibbert und regnet Eingeweide, literweise Blut und Eingeweide. Die Därme des Schweins ringeln sich wie Schlangen um den Arm vom Jason, der wild herumfuchtelt, und dabei pfeift es aus diesen viehischen Röhren, und dann bricht das ganze riesige Schwein über Jason zusammen.

Begraben unter Fett und Blutmatsch. Er bekommt keine Luft mehr. Dann die Hand, und Leatherface zieht ihn raus. Die beiden wollen zum Auto laufen, aber

Leatherface rutscht auf den glitschigen Schweineeingeweiden aus und fällt mit dem Gesicht in die Kettensäge, und das Sägeblatt kommt am Hinterkopf raus, und das Gesicht vom Leatherface teilt sich in einer roten Fontäne. Und von da an sieht Jason alles nur noch in Zeitlupe und hört nichts mehr.

Ich könnte jetzt ausführlich erzählen, wie Jason mit dem Auto durch das Rudel Muldenauer Werschweine gebrettert ist und echt bald die Scheibenwischer gebraucht hat, aber ich will nicht den Eindruck erwecken, ich suhle mich hier in Gewaltdarstellungen. Jason ist davongekommen. Die Küpperbrüder sind es nicht. Das ist mal Fakt. Richtig weit gekommen ist Jason aber auch nicht. Der war kaum auf der Landstraße, da ging es durch ein Stück Wald, und plötzlich taucht etwas im blutverschmierten Scheinwerferlicht auf. Ein nacktes blondes Mädchen mitten auf der Straße, aber das Gesicht nicht menschlich. Ihr wisst schon. Jason hat sich so erschrocken, dass er voll gegen einen Baum geknallt ist. Er war aber nicht bewusstlos. Und jetzt ist es plötzlich bis auf das Motorengeräusch ganz still. Und Jason ist nackt und hat den Arm gebrochen und Schnittwunden und Kopfschmerzen vom Aufprall, aber er spürt das alles nicht. Wie in Trance steigt er aus und guckt auf die Straße und dann in den Wald, sein Blick folgt dem Licht der Scheinwerfer. Da steht jemand zwischen den Stämmen und ruft leise. Und dieses Rufen nistet sich in Jasons Herz ein. Für immer. Auch wenn es gar nicht ihm gilt, sondern der Mutter. Und ab da weiß Jason nichts mehr.

Jetzt könnt ihr natürlich sagen: Jason war mal wieder total zugedröhnt und ist gegen einen Baum gefahren, nachts auf der Landstraße, und die Gebrüder Küpper sind tot, und Jason lebt, ist aber nicht mehr ganz richtig im Kopf und sitzt im Marien-Hospital und raucht. Klar. So stand es auch in der Zeitung. Aber mal ehrlich: Was ist das für eine Scheißgeschichte? Zwei Neunzehnjährige gehen einfach so drauf, und der dritte ist auf was Krassem hängengeblieben. Eine echt gute Metal-Band, und dann einfach bumm gegen einen Baum, ohne Sinn und Verstand. Das ist echt nicht cool, und darüber hätten *Grand Guignol* auch nie einen Song gemacht. Deshalb glaube ich Jason, auch wenn er immer eine etwas andere Version erzählt. Ich finde die Geschichte mit dem Schweinekult viel besser, und jetzt mal Wahrscheinlichkeit hin oder her: Von dem, was die Leute bei uns im Ort so Wirklichkeit nennen, wird auch keiner mehr lebendig.

TEX RUBINOWITZ

DER MANN
IM WALD

Mein Vater leitete ein Institut, das Spezialprothesen für Minen- und andere Unfallopfer herstellte. Also das ganze Programm eines Ersatzteillagers, sogar künstliche Gesichtsteile (Epithesen).

Als meine Schwester und ich klein waren, bekamen wir von ihm jedes Jahr zu Weihnachten ganz besondere Gesichtsmasken geschenkt. Einmal hatte meine Schwester nur ein Auge, ihre zwei wurden durch ein einziges ersetzt; ich bekam eine Ohrenprothese, die ich mir über meine Nase stülpen konnte: Damit ich hören könne, was ich rieche, so die Erklärung meines Vaters. Den unsterblichen dritten Arm von Louis de Funès in dem einen Fantômas-Film, der bei Bedrohung und erhobenen Händen aus dem Mantel schießen kann, den baute unser Vater auch nach, so hatte er einmal unterm Tannenbaum zwei Kinder mit sechs Armen. Er amüsierte sich mit uns, wie wir uns immer wieder gegenseitig erschossen, er war eben Wissenschaftler, das machte die verkrampfte Weihnachtsmärchenwelt da draußen erträglicher, die Tanne war auch nur das, was sie war, ein heidnisches Symbol für was auch immer. Er hatte einen stehenden Ausdruck, den er immer wieder anwendete, wenn wir zu übermütig wurden: «Morgen schaut ein anderer durch eure Augen.» Was genau er damit meinte, war uns damals nicht klar.

Meine Eltern trennten sich, als ich fünfzehn war. Sie hielten es für besser, mich zu dem Zeitpunkt, also kurz bevor die Trennung vollzogen wurde, auf ein Internat nach London zu schicken, aufs *Admiral Cloudesley Shovell College*, um mich aus der Sache rauszuhalten. Wenn ich wiederkäme, könnte ich so tun, als sei nichts geschehen, als seien sie nie zusammen gewesen, das war der unausgesprochene Gedanke. Aber da hatte ich sie bereits verloren und war durch sie verloren, das heißt, ich fühlte mich in der Familie wie eine von Vaters Prothesen. Meine Schwester war zwölf und bekam die Trennung hautnah mit. Sie zog mit unserer Mutter aus und lebte mit ihr eine Zeitlang bei einem Bruder unseres Vaters im Kartoffelkeller. Das war Onkel Werner, den wir immer Eisenvater nannten, weil er, nachdem ihm alle Zähne ausgefallen waren, sein Gebiss komplett durch Eisen hatte ersetzen lassen. Als meine Mutter meiner Schwester sagte, dass der Onkel nun ihr neuer Vater sei, bekam sie ihre erste Menstruation. Ein fast schon symbolhafter Reflex.

Mein Vater lebte weiterhin in unserer Villa am Rande der Lüneburger Heide, und ich besuchte ihn sporadisch, vielleicht viermal im Jahr, aber unsere Kommunikation war mühsam. Er verschloss sich immer mehr, und ich wusste nicht, was ich ihm aus London erzählen sollte, ich mochte es im Internat auch nicht, weil ich es dort schlecht aushielt, ich blieb immer der Fremde und wollte es auch sein. Also ging ich kaum noch in den Unterricht und trieb mich herum. Die Briten hielt ich ebenso wenig aus, sie waren mir einfach zu laut und vulgär. Mein einziger Freund war ein rundlicher Portugiese namens Zeto, der für mich immer mal wieder sein Lieblingsessen zubereitete, Francesinha nannte sich das, portugiesisch für *kleine Französin*, ein in Tomatensuppe schwimmendes Sandwich, das mit 17 Scheiben Wurst und einem Spiegelei belegt, mit geschmolzenem Käse überbacken sowie einer heißen, dickflüssigen Soße aus Bier, Brandy und Senf übergossen wird. Zeto sagte, das würde sein Heimweh wegbomben. Die Anzahl der Wurstscheiben hatte auch eine Bedeutung, die ich allerdings inzwischen vergessen habe.

Einmal riss er um 11 Uhr morgens die Tür meines Zimmers in unserem Heim auf, das direkt neben dem Riesenareal des Parks von Hampstead Heath lag, und fragte kurzatmig in seinem schwerverständlichen Englisch, ob ich die Notfallnummer wisse. Er zerrte mich zum öffentlichen Telefon im Flur, ich wählte für ihn, er war dazu viel zu zittrig. Zunächst dachte ich, er hätte sich vielleicht an seiner Francesinha den Magen verrenkt, aber er brabbelte mit angstverzerrtem Gesicht in den Hörer, was vermutlich denjenigen, dem der Wortschwall galt, nur in zusammenhanglosen Bruchstücken erreichte:

«Yes, ola, come quickly, there is a need in the forest and urgent help ... no, only found ... no, otherwise, there was no no ... in the wooded area ... in the park ... Hampstead Heath ... behind the sports field of Cloudesley Shovell, behind the wall ... As they have on the other side through the gate, go to the field of sports ... yes ... quickly, the man needs help!»

Welcher Mann brauchte Hilfe wofür? Meine Neugier war größer als Zetos Entsetzen. Ich zog mir rasch etwas über, traute mich aber nicht zu fragen, was denn überhaupt los sei. Ich wusste, Zeto würde es entlasten, wenn er mir erzählte, was ihn so aus der Fassung gebracht hatte, er konnte kaum reden, stand sichtlich unter Schock. Statt aber von sich aus erklärende Worte zu finden, zerrte er mich aus dem Gebäude, und wir rannten los, ich hinter ihm her. Er wetzte über den Sportplatz, benutzte mehrere Abkürzungen durch unseren Schulgarten, durch das kaputte Glashaus, wo wir vergeblich Cannabis anzupflanzen versuchten, wir kletterten über die Mauer und gelangten zu dem struppigen Teil des ansonsten weitgehend gepflegten Parks, wo so eine

Art kleiner verdreckter Wald stand, der Boden voller verklebter Schmuddelhefte, Klopapierfetzen und Kondome.

Jemand schrie. «Hurt so much, ... cant fucking stand it, ... fuck ya all, ... fuckers, ... why nobody helps me, ... go fuck yourself, ... you ... DIE ... DIE ... DIE!», hörte ich schon auf der anderen Seite der Mauer, als wir noch gar nicht im Park waren. Vielleicht hatte sich ein Jogger den Fuß gebrochen oder so was, oder ein Betrunkener war zusammengeschlagen worden. Aber das war kein Grund für so einen Furor. Meine Phantasie half mir nicht, diese Schreie einzuordnen. Außerdem roch es eigenartig, als ob hier jemand gegrillt hätte, dabei herrschte Grillverbot im Park.

Zeto rannte den Abhang runter, zu einer kleinen Mulde, aus der Rauch drang. Unten angekommen, brauchte ich etwas, um die verschiedenen Bilder und das Wimmern des Mannes zu einer einzigen Szenerie des Grauens zusammenzuschieben. Der Waldboden war in einem Radius von etwa vier Quadratmetern verkohlt, in der Mitte des schwarzen Kreises stand eine alte, rostzerfressene Öltonne, und darin krümmte sich ein grausam entstellter, nackter Körper, winkte uns zu und schrie immer nur nach Hilfe. Wir standen einige Sekunden nur fassungslos da und starrten auf den geschundenen Leib, der nach meinem Ermessen gar nicht mehr in der Lage hätte sein dürfen, sich zu bewegen, geschweige denn zu sprechen. Er war von oben bis unten verbrannt, die Haut an vielen Stellen schwarz verkohlt, keine Haare, keine Nase, keine Augenlider, keine Ohren mehr. Ich dachte immer, wie tot muss man denn noch werden, dass man keinen Ton mehr rauskriegt, der Begriff *Leichenschrei* fiel mir ein.

Der Mann in der Tonne schrie und flehte: «Do something, hit me a stick over the head, put an end to it, no matter how, do something, KILL ME ...» Er war augenscheinlich tot und trotzdem bei vollem Bewusstsein. Zeto und ich traten näher heran und versuchten den toten Körper, aus dem ein noch gefesselter Geist mit erstaunlicher Kraft schrie, aus der qualmenden Tonne herauszuziehen, als ob das etwas geändert hätte. Vielleicht dachten wir, wir geben ihm etwas Würde wieder, wenn er auf dem Waldboden liegt statt in einem Ölfass, interessant, was einem das Bewusstsein in solchen Situationen für Ablenkungsmanöver anbietet, damit man nicht wahnsinnig wird. Ich starrte konzentriert auf den Rost der Tonne und fragte mich, wie gut der wohl für verbrannte Haut war. Wir waren komplett überfordert. Wo fasst man dieses *Stück* an, so muss man das vielleicht sagen, etwas, was jenseits von Leben und Tod ist? Keine Stelle an dem Leib war unverletzt. Wir überwanden schließlich gleichzeitig unsere Scheu und griffen an den Armen des Mannes zu, der jetzt lauter schrie und noch mehr stöhnte. Es fühlte sich heiß und trocken an, wie

Rinde, und war verblüffend leicht. Nichts hatten wir dabei, womit wir ihm hätten helfen können, Wasser, ich wünschte mir verzweifelt Wasser, aber ringsherum war nichts als dieser dreckstarrende Wald. Uns blieb nur das Warten auf professionelle Hilfe, entsetzlich lange Minuten. Irgendwann später hörten wir den Krankenwagen. Er kam natürlich nicht bis zu uns, weil er auf der anderen Seite der Mauer war, sie konnten ja nicht mit ihrer Bahre drüberklettern. Ich lief zur Mauer, zog mich hoch und sah die Sanitäter, die ratlos vor dem etwas entfernteren Tor standen, es war verschlossen. Ich schrie, auf der Mauer sitzend, und winkte, aber die Sanitäter hörten mich nicht oder wollten mich nicht hören, und das konnte ich ihnen nicht mal verargen, ich hätte mich in dieser Situation auch nicht hören wollen. Sie gingen zurück zum Wagen, und der machte kehrt, sie hatten ja recht. Ich lief wieder zur Mulde, zu Zeto und der Tonne, und berichtete, dass der Krankenwagen umgekehrt sei. Wütend sprang er nun auf, schnauzte mich an, immer mit portugiesischen Einsprengseln, was ich für ein Eimer sei («Você balde»), und befahl mir, ich solle hierbleiben, wenn ich schon sonst nichts könne. Er würde, erklärte er knapp, jetzt zurück zum Internat rennen, vielleicht hatte der Hausmeister einen Schlüssel für das Tor, vielleicht konnte der auch irgendwie Erste Hilfe, und weg war er, ließ mich allein mit dem Mann, der weiterhin schrie, man möge ihn doch endlich totschlagen.

Mir tat innerlich alles weh, vermutlich eine Art Stellvertreterleid, als ob ich ihm einen Teil seiner Schmerzen hätte abnehmen können, und ich fragte mich, was sollte denn jetzt «Erste Hilfe» noch ausrichten, wenn die einzige Hilfe der Tod war? Ein Schmerzmittel wäre ja auch nur eine Lüge, die nichts ändern würde, erschlagen konnte ich ihn natürlich nicht, wie sollte denn das überhaupt gehen, jemanden totschlagen, der faktisch tot ist? Ich habe bisher nur einmal einen Fisch totgeschlagen, aber der war wenigstens stumm. Um mich herum nur eine große Trauer und Hilflosigkeit, alleingelassen mit so viel Schmerz, suchte ich mit Blicken den vermüllten Boden ab, ob da etwas war, was mir Trost durch Ablenkung stiften könnte, aber zum Schmerz kamen nur der Spott und die Verachtung, die der schwache Boden stumm aussendete. Man denkt nicht mehr sehr rational in so einer Situation, das emotionale Besteck ist relativ überschaubar. Man könnte denken, dass da ein Reflex einsetzt, beruhigend zu sprechen, gleich kommt jemand, bisschen Geduld noch, geht vorbei. Aber das Gegenteil war der Fall, auch ich fing jetzt an zu schreien, brüllte den Verbrannten wütend an, er solle die Fresse halten, ich beschimpfte ihn, eigentlich auch egal, aber aus mir musste etwas Großes raus, und das ging am besten auf diese Art.

Ich weiß nicht, wie viel später Zeto zurückkehrte, ich sah, dass er das Tor aufgemacht hatte, und mit ihm kamen die Sanitäter, die er wohl doch noch hatte abfangen können. Der Verbrannte hatte begonnen, mich zu verfluchen und zu beschimpfen, mich direkt anzusprechen, mich zum Mitschuldigen zu machen, doch diese Reaktion kam mir sogar ganz recht. Ja, natürlich war das alles auch meine Schuld, vielleicht entlastete ihn das etwas, ja, warum erlöste ich ihn auch nicht, ich feiges Stück Scheiße? Ganz steif rollte er auf dem dreckigen Boden, zuckend wie ein trockner Regenwurm auf heißem Asphalt, und mir fiel nichts anderes ein als das, was sie in solchen Situationen in Western immer machen, wenn einem eine Kugel bei vollem Bewusstsein aus dem Oberarm geschnitten werden muss: Man schiebt dem Leidenden ein Stück Holz zwischen die Zähne, dass er da draufbeißen kann. Ich versuchte es, klaubte ein Stück Ast vom Boden auf, sagte, er solle zubeißen, und er biss tatsächlich, schrie und verfluchte mich aber trotzdem weiter. Zumindest übernahm jetzt das Hölzchen einen Teil der Destruktion hier im verfluchten Dreckswald.

Die Sanitäter kamen, wie mir schien, viel zu langsam in die Mulde zu uns runtergerutscht, in Wirklichkeit hatte Zeto sie wohl schon vorgewarnt, sie fürchteten vielleicht, dass diese Situation, die vielleicht auch für sie neu war, sie überfordern würde. Es waren ein junger und ein älterer Sanitäter. Sie hatten noch nicht einmal ihre Trage bei sich. Der Jüngere war offensichtlich neu, denn sein Kollege redete heftig auf ihn ein, erklärte ihm wohl die Vorgehensweise für etwas, auf das er selbst nicht wirklich vorbereitet war. Sie hatten ihren albernen Erste-Hilfe-Koffer dabei, um wohl erst einmal die Lage zu sondieren oder als Puffer zwischen sich und der Situation, die da auf sie zukam: Dem Älteren entfuhr ein «Holy shit», der Jüngere wurde sehr blass und schwankte beim Anblick des Verletzten, er bekam große Augen, und die füllten sich, wie ich bemerkte, mit Tränen, keiner schaute ihn direkt an, jede Reaktion war jetzt verständlich gewesen, um unsere Ohnmacht zu kompensieren, vielleicht hätten wir auch kotzen oder irgendwas singen können. Der ältere Sanitäter sagte, er müsse zurück zum Wagen, einen Notarzt verständigen. Der Junge lief ihm nach.

Zeto erzählte irgendwas, von dem ich nur die Hälfte mitbekam, es ging um seine Schwester, dass sie in Nairobi, in Afrika, in einem Kaufhaus Zeugin eines Amoks geworden sei, bei dem 39 Menschen starben, unter anderem ihr Freund, ich nahm an, er erfand das nur, um mit etwas Schrecklichem von dem Schrecklichen hier vor uns abzulenken. Ich verfluchte ihn innerlich für das Gequatsche, viel später fand ich heraus, dass der Amoklauf wirklich stattgefunden hatte.

Die Sanitäter kamen diesmal mit ihrer Trage zurück, der Ältere erklärte dem Jungen im Gehen, wie man damit umginge. Zeto und die beiden bugsierten zu dritt den immer noch schreienden Mann auf die Trage und trugen ihn vorsichtig zurück zum Rettungswagen. Weil es bergauf aus der Mulde ging und das Laub nass war, rutschten sie aber immer wieder aus, und das Opfer purzelte, obwohl angegurtet, mehrfach halb von der Trage, ein erbärmliches Bild des Scheiterns.

Ich ging nicht mit, zu dritt waren sie ja mit der Trage schon einer zu viel, aber komisch, warum ich blieb. Was sollte ich denn noch hier, wieder redete mir das Unterbewusstsein irgendwas ein, den Tatort sichern, dass keiner die Spuren beseitigt, wie es immer bei Fernsehermittlungen heißt, oder so einen Unsinn? Und in dem Moment, als ich merkte, dass das doch sowieso jetzt alles egal und vorbei war, so schnell wie generell unsere Leben vorbei sind, bevor wir überhaupt irgendwas davon realisiert haben, kamen zwei Polizisten in die Mulde gerutscht, Kaugummi kauend. Ich erklärte ihnen kurz, was passiert war, und sie machten derbe Scherze über Grillunfälle. Ich hasste sie dafür, aber das war nur so ein trauriges, stumpfes Hassen, das mich selbst einschloss, zwischen Tod und Hass ist nur eine schmale Spalte aus Schmerz. Mit der Fußspitze hob einer der Beamten die Tonne an und entdeckte darunter ein kleines leeres Fläschchen Schnaps und einen angeschmorten Ausweis, den er mit spitzen Fingern seinem Kollegen übergab. Der andere sah das Fläschchen an, und man hörte ihn regelrecht denken, ob das Miniding überhaupt als Brandbeschleuniger in Frage kam. Sie konnten sich ihre ausgestellte Lässigkeit leisten, weil sie das Stück Mensch weder gesehen noch gehört hatten. Ich sagte das wenige, was ich zu dem Fall sagen konnte, also nichts, Sozialgeräusche, ein paar Seufzer der Entlastung. Dann ging ich rauf, raus aus dem Park, zum Krankenwagen, dessen Tür nicht geschlossen worden war, und wir hörten immer noch verzweifelte Rufe und Schreie des Verbrannten, die langsam immer mehr in formloses Wimmern übergingen, vielleicht hatten sie ihn irgendwie sedieren können. Mit einer Pinzette begann der inzwischen eingetroffene Notarzt große Fetzen verbrannter Haut abzulösen, und der ältere Sanitäter fluchte, weil er nirgends eine Stelle fand, an der er seine Infusionsnadel hätte anbringen können.

Ein Rettungshubschrauber erschien am Himmel und landete unter großem Getöse auf dem Sportplatz unserer Schule. Das zog natürlich praktisch alle Schüler an, mit Mühe konnte der Hausmeister den Platz frei halten. Zwei Ärzte aus dem Hubschrauber kletterten ebenfalls in den engen Krankenwagen, schlossen die Tür und halfen bei der Versorgung des Verletzten, vielleicht wollten sie auch bei einer eventuellen Euthanasievollstreckung keine Zeugen haben. Ich stellte mir, natürlich auch wieder als Ablenkungsmanöver, das Gedrängel dadrinnen wie eine Slapsticknummer vor, wie in dem Marx-Brothers-Film, wo sich in einer kleinen Schiffskabine alle vier Brüder, zwei Zimmermädchen, zwei Heizungsinstallateure, eine Handpflegerin, eine Frau, die ihre kleine Tochter sucht, und eine mit einem Mop und dann zu allem Überfluss auch noch vier Stewarts mit Tabletts voller Essen drängeln. Auch diese geistige Übung entspannte den Horror etwas.

Die Polizisten waren mit dem Ausweis inzwischen ebenfalls nachgekommen, die hätten eigentlich auch noch in den Krankenwagen gehört. Sie erklärten uns, die Überprüfung habe ergeben, dass das Opfer aus dem direkt neben dem College gelegenen Hampstead Mental Health Asylum komme und der «Fall» eigentlich so weit klar sei. Der Mann habe sich mit dem Zeug übergossen, sich angezündet, das war's. Aha, beruhigend, also kein satanistisches Opferritual, wie ich bitter vor mich hin murmelte, worauf der eine Polizist zynisch fragte, ob ich *irgendwas* zu sagen hätte?

Ja, aber wo sind denn seine Kleider? Und war da kein Feuerzeug? War er schon nackt und brennend hergekommen? Musste er sich denn, nur weil er psychische Probleme hat, automatisch anzünden, oder war der Grund ein anderer, exzentrischerer, wie etwa bei John Mytton, einem Landadeligen des neunzehnten Jahrhunderts aus Shropshire, der sein eigenes Nachthemd in Brand setzte, weil ihn hartnäckiger Schluckauf plagte? All das dachte ich, aber ich sagte natürlich nichts, rauchte und starrte stattdessen auf die tröstende

Tür des Krankenwagens. Es war still geworden. Der Mann war jetzt wohl wirklich und endgültig gestorben. Vielleicht war das letzte Bild, das er mitnehmen konnte, während er ins Jenseits glitt, eines aus einem der Schmuddelheftchen, die auf dem duldsamen Waldboden herumlagen. Und hoffentlich nicht mein in Hilflosigkeit verzagtes Gesicht.

Wenig später stiegen die eingeflogenen Ärzte aus dem Rettungswagen wieder in ihren Hubschrauber um und schwirrten über den staunenden Köpfen der blassen Collegeschüler in ihren flaschengrünen Blazern. Ich schaute in den Tagen darauf die Zeitungen durch, aber nirgends ein Wort. Anscheinend geschieht so etwas öfter, und man bekommt es, wenn überhaupt, nur zufällig mit. Ein Irrer hat sich umgebracht, so was passiert wohl, weil es eben passiert. Meine Schulzeit war danach eine andere, ich vernachlässigte sie noch mehr, aber eigenartigerweise waren die Lehrer mir und auch Zeto gegenüber nachsichtiger. Sie dachten wohl, wir wären traumatisiert und brauchten Schonung, Zeto wurde immer dicker, er ernährte sich fast ausschließlich von kleinen Französinnen. Und ein Jahr später hörten wir beide mit der Schule auf, beide ohne Abschluss. Meine Schuluniform habe ich aber noch immer, ich trage sie gelegentlich auch, das Wappen ziert eine Eule.

Das kleine Beißholz nahm ich mit, ich kam mir dabei verwegen vor wie ein Dieb, der einen Aschenbecher

aus dem Vatikan stiehlt. Das Aststück mit den Beiß-
spuren sollte eine Art Totem sein und mich von vergleichbar Makabrem fernhalten. Ich machte davon eine
Gipsform und ließ sie mit Messing ausgießen. Das Ding
liegt hier vor mir auf meinem Schreibtisch.

TILL RAETHER

MACHST DU WITZE

«Hast du dich bei ihr entschuldigt?»

Er senkte seinen Löffel in die Suppe. Suppe war ganz schwierig für ihn. Eigentlich wusste seine Frau das. Aber sie brachte ihn gern an den Rand des gerade noch Erträglichen. So weit waren sie gekommen. Bis an diesen Rand.

«Nein», sagte er. Erbsensuppe. Es war einfach nur Erbsensuppe. Er atmete flach. Bohnenkraut schmeckte man ganz gut raus.

«Du hast dich nicht bei meiner Mutter entschuldigt», sagte seine Frau, als gelte es, einen sehr komplexen Sachverhalt zusammenzufassen. Sie vermied das Wort Schwiegermutter, denn sie kannte sein Leiden. Das Wort schoss ihm dennoch durch den Kopf und von dort wie ein Schmerz durch den ganzen Körper.

Die Schwiegermutter.

Die Suppe.

(Herr Ober, in meiner Suppe …)

Er presste seine Hände gegen die Tischkante, als könnte er sie verformen, und indem er die Zähne mit aller Kraft zusammenbiss, gelang es ihm, seinen Kopf mit einem Rauschen zu füllen, das seine Gedanken übertönte.

«Und weißt du was», sagte seine Frau, «das musst du auch gar nicht mehr. Ich habe ihr über deinen Amazon-Account Pralinen geschickt. Mit einen paar Zeilen von dir. Man hat da so zweihundertvierzig Zeichen. Das reicht für eine Entschuldigung.»

«Was für Pralinen?», fragte er gepresst und tastete nach seinem Löffel. Das Thema wechseln. Er musste das Wort Schwiegermutter loswerden.

«Ganz was Feines», sagte seine Frau. «Belgische.»

Er riss den Arm hoch, um sie zum Schweigen zu bringen. Vielleicht konnte er die Wörter noch aufhalten. Brüllend lehnte er sich nach vorn und schob mit einer Bewegung alles vom Tisch, was in Reichweite seines Armes war. Den Topf, seinen Teller, die Weingläser, den Barolo, den Teller seiner Frau, das gute Besteck. Sie hatten kein anderes. Denn was wäre der Sinn von nicht gutem Besteck?

Er fiel vorm abgeräumten Abendbrottisch auf die Knie und rieb sich das Gesicht ein mit der heißen, für seinen Geschmack am Ende doch etwas zu festen Erbsensuppe. Alles, jeder Schmerz, nur nicht die Belgier, nicht die Belgier.

«Oh Gott», schrie seine Frau. «Soll ich? Soll ich?»

«Was denn sonst», schrie er zur Antwort, «was denn sonst.»

Sie schrien viel, seit es angefangen hatte.

Seine Frau rannte ins Gästebad. Wie oft hatte er ihr gesagt, dass sie das Beruhigungsmittel am Körper tragen musste, griffbereit, am besten schon in der aufgezogenen Spritze, Haltbarkeit und Sterilität waren ihm egal. Das Bad war so weit entfernt. Drei, vier Schritte. Er konzentrierte sich auf die schnell abkühlende Stückigkeit der Suppe, als könnte dies eine Rettung sein vor den Belgiern.

Die Belgier.

«Ich komme. Ich komme», schrie seine Frau.

(Was machen die Belgier, wenn sie ein Kind wollen?)

Er keuchte und schlug sich mit dem Suppentopf auf den Schädel, um die Gedanken zu übertönen. Kopfblut und Suppenreste liefen ihm über die Stirn.

(Sie graben sich eins aus.)

Erschöpft ließ er den leeren Topf sinken. Es war vorbei. Es war zu spät. Er stand auf, rutschte dabei ein wenig in den Erbsen aus und ging, nachdem er sich wieder gefangen hatte, mit fester werdenden Schritten am Gästebad vorbei nach draußen, Richtung Garten. Aus dem Augenwinkel sah er, dass seine Frau mit zitternden Händen immer noch versuchte, die Spritze aufzuziehen.

«Heb sie für später auf», sagte er leise. «Ich brauche sie jetzt nicht mehr.»

Im dunklen Garten ging er auf die Knie, hinter der Hainbuchenhecke zum Nachbargrundstück. Kälte von unten, leichter Abendwind von der Seite. Wenn es erst mal so weit war, wurde er klarsichtig. Er musste nicht den ganzen Garten durchgraben. Er brauchte keinen Spaten. Er wusste genau, was er zu tun hatte.

Er formte die Hände zu flachen Schaufeln und schabte behutsam die lockere Erde ab, dort, wo fast kein Rasen wuchs, weil die Hecke ihren ewigen Schatten warf. Nach einer Weile spürte er einen Widerstand. Das Köpfchen, die Haare recht lang und gescheitelt. Er grub schneller, wegen des Sauerstoffs, den das Kind brauchte. Die Haut des Kindes war etwas zu hell, es sah aus wie eine Rübe, die blass geblieben war, weil sie nicht genug Dünger bekommen hatte oder weil der Boden falsch war – zu sauer, zu basisch. Vorsichtig hob er das Kind aus seinem Erdloch. Er spürte keine Zuneigung, aber etwas wie Verantwortung. Das Kind war sieben oder acht Jahre alt, es trug eine kurze Hose und ein Hemd mit einem Wollpullunder. Es sah ihn abwartend und gleichgültig an. Er klopfte es ein wenig ab, sachte, dann nahm er das Kind bei der Hand und ging mit ihm ins Haus. Er weinte dabei und dachte, aus Erschöpfung.

Beim ersten Mal hatte seine Frau an eine Art Zaubertrick gedacht. Als sie Karotten gekauft hatte und es plötzlich an der Tür geklingelt hatte: der Hase mit dem

Sprachfehler und den traurigen Augen. Aber es war kein Zaubertrick. Er hatte keine Erklärung dafür.

«Machst du Witze?», hatte seine Frau ihn gefragt, als er stammelnd nach Erklärungen gesucht hatte. Später dachte er: Besser konnte man es nicht ausdrücken.

Seine Versuche, zum Arzt zu gehen, waren von Anfang an fehlgeschlagen. Arzt war wie Schwiegermutter oder Suppe. Er hatte sich den ganzen Weg auf dem Beifahrersitz auf die Handballen gebissen, bis er Metall schmeckte. Aber es hatte nichts genutzt. Im Fahrstuhl vom Ärztehaus Medi-Bon hatte er die Worte nicht mehr zurückhalten können.

(Kommt ein Mann beim Arzt.)

Sobald er vor der Liege stand und der Arzt das Sprechzimmer mit dieser beiläufigen Geschäftigkeit betrat, die Kassenpatienten vorbehalten war, musste er sich über einen zwar kümmerlichen, aber unaufhaltsamen Orgasmus nach vorne beugen und einen Hustenanfall vortäuschen. Dann hatte er die Flucht ergriffen, denn man musste sich ja frei machen dort.

Der zweite Versuch war sehr viel schlimmer gewesen.

(Kommt ein Mann zum Arzt.)

Den Anfang konnte er noch unter Kontrolle halten. So weit, so gut, dachte er. Er atmete flach die virenbelastete Wartezimmerluft.

(Herr Doktor, ich habe so ein komisches Gefühl im Darm.)

Nein. Er hatte kein komisches Gefühl im Darm.

(Na, das schauen wir uns mal an. Bücken Sie sich mal nach vorn.)

Nein. Er durfte nichts denken. Er musste aufhören, zu denken und sich zu erinnern. Er musste leer sein.

(Zieht der Arzt sich also einen Gummihandschuh an und fängt an zu suchen.)

Er musste bewusstlos sein, damit die Gedanken aufhörten, er durfte nichts sein als Fleisch auf dem Knochen, dummes, gedankenloses Fleisch.

(Nein, Herr Doktor, da ist es noch nicht, tiefer.)

Nichts wissen, nichts denken. Nur Fleisch sein. Er stöhnte. Die anderen Patienten musterten ihn kurz, heimlich und besorgt. Ganz besonders im Wartezimmer wollte niemand an Schmerzen erinnert werden.

(Nein, noch tiefer.)

Und er fing an, den Kopf gegen die Wand des Wartezimmers zu rammen, damit die Gedanken aufhörten.

(Und der Arzt kämpfte und suchte – und an dieser Stelle beim Erzählen war es wichtig, eine entsprechende Geste zu machen, die demonstrierte, dass der Arzt bereits bis zum Ellenbogen im Leib des Patienten …)

Und natürlich half ihm das Kopfschlagen an die Wartezimmerwand gar nichts, im Gegenteil, die Sprechstundenhilfe lief, um den Arzt zu holen.

(Und endlich sagt der Arzt, ich hab's, und zieht den Arm wieder aus dem Patienten …)

In diesem Moment kam sein Hausarzt aus dem Sprechzimmer, ohne einen Blick für die anderen Patienten, aber einen für ihn, einen Blick, der womöglich schon gierig und schicksalergeben war.

(Sagt der Arzt: Na so was, ein Mon Chéri.)

Und ehe er begriff – denn es war ja erst sein zweiter Versuch, zum Arzt zu gehen mit seinem Problem –, stürzte der Arzt sich auf ihn vor allen anderen Patientinnen und Patienten.

(Sagt der Patient: Ach, Herr Doktor. Das haben Sie sich jetzt aber auch wirklich redlich verdient.)

Tatsächlich hatte er erst gedacht, der Arzt wollte ihm helfen: ein Arzt, der den Ernst der Lage erkannte, womöglich sogar sein Syndrom, seinen Morbus, daher die unvermittelte Attacke, die rohe Gewalt, mit der der Arzt versuchte, ihn auf den Bauch zu drehen, halb auf dem Stuhl, halb auf dem Boden. Und er hatte es geschehen lassen, weil er dachte: Hier will mich jemand schützen vor mir selbst und die Welt vor mir. Aber dann hatte er gemerkt, wie der Arzt an seiner Hose riss, und ihm war klargeworden: Der Arzt war längst Teil des Problems, der Arzt war nur noch auf der Jagd nach dem Mon Chéri, das er irgendwo im Zwölffingerdarm seines Patienten wusste. Ein Mediziner, zehn, zwölf Jahre vor der Praxisaufgabe, mit grauem Haar und rahmenloser Brille, wie Ärzte sie liebten. Ein feiner Mensch. Einen weißen Birkenstock-Schlappen verlor dieser Arzt im

Ringen um ein Mon Chéri auf dem Boden des Wartezimmers. Der Arzt und er waren miteinander gefangen im unwiderstehlichen Zwang, die Erzählung wahr zu machen, die Prophezeiung zu erfüllen. Sklaven des Narrativs, wie ihm später ein Psychiater erklärte, durch dessen Flur ein anderer Patient mit einer Zahnbürste an der Hundeleine gelaufen war.

Er erinnerte sich am Ende vor allem an die hilflos zur Seite gedrehten vernünftigen Schuhe einer älteren Patientin, die sich abgewandt hatte, weil an ihm und dem Arzt kein Vorbeikommen war, der Fluchtweg verengt durch den niedrigen Tisch mit den dunkelblauen Zeitschriften vom Lesekreis Daheim. Er sah auf Augenhöhe unter dem flachgepolsterten Wartezimmerstuhl die etwas höher gezogene Fußleiste und den robusten Teppich, und er hörte die Schreie der anderen Wartenden, die ihrem Arzt nicht in den Arm fallen wollten, selbst dann nicht, wenn dieser Arzt einem Hilflosen vor ihren Augen eine unvermeidbare und groteske Beute von dort entrang, wo die Sonne nicht schien.

Er fand es übertrieben zu sagen, seine Ehe sei ruiniert worden durch das, was ihm widerfuhr, und durch das, was er in die Welt brachte. Zweckgemeinschaften waren unruinierbar, unzerrüttbar. Sie verschlissen einfach. Was ihm leidtat, war die Sache mit dem Sex. Es war klar, dass das nicht mehr ging.

(Raucht deine Frau auch immer nach dem Sex?)

Es gab eine Million falsche Gedanken, auf die ihn das Thema Sex bringen konnte, im Grunde musste er wie ein alberner Elfjähriger bereits alle Wörter vermeiden, die sich auf ex reimten.

(Weiß ich nicht. Muss ich mal nachschauen.)

Immer war die Rede von namenlosem Entsetzen, aber das Entsetzen seiner Frau hatte viele Namen gehabt, alle mit V – Verrat, Verletzung, vergiss es. Die Bettdecke schien sich zu heben, und während seine Frau in eine erschöpfte, resignierte Wut geriet, wusste er längst, was sie beide erwartete. Der dichte, dunkle Qualm, der unter der Bettdecke hervorquoll wie ein Organismus und der seine Frau verfolgte, als sie ins Bad rannte. Aber es war ein optische Täuschung, denn der Qualm kam aus ihr.

Wenig später verlor er seine Stellung. Da er Beamter war, hatte er gewusst, dass diese Entwicklung unausweichlich sein würde. Er hatte nur noch tatenlos im Büro gesessen, weil der Unterschied zwischen ihm und der Schreibtischplatte war, dass Holz arbeitete. Wenn er einen Kollegen auf dem Flur traf, hörte er sich sagen: «Kannst du auch nicht schlafen?» Der Amtsarzt empfahl die Frühpensionierung, vielleicht aus Scham darüber, dass auch er ihm ein Mon Chéri entnommen hatte.

«Wohin ist die Mutter gegangen?», fragte das Kind beim Abendbrot.

(Was ruft die Holzwurmmutter, wenn es Abendbrot gibt?)

Das Kind und er saßen am Tisch, eingezwängt zwischen vier augenlos glänzenden Würmern, die nach Wald und Leibern rochen und das Möbelstück mit einem mechanischen Nagegeräusch von den Kanten her verzehrten.

(Kinder, kommt rein, das Essen wird morsch.)

«Weg», sagte er.

«Warum?»

«Sie findet … Also, es ist nicht deinetwegen. Sie … sie braucht ihre Freiheit, weißt du.»

«Gräbst du mich jetzt wieder ein?»

«Nein. Natürlich nicht.»

«Ich mag eigentlich Erde.»

Er musterte das Kind, das gerade und tapfer zwischen den Holzwürmern saß, allerdings ohne das Essen anzurühren. Das Kind war insgesamt kein guter Esser. Seine Haut hatte die Farbe seiner Sitznachbarn. Die Würmer waren von der Körpersprache her zurückhaltend, aber sehr methodisch beim Verzehr des Tisches, wie höfliche, aber ausgehungerte Gäste. Das Kind hatte noch nie gesagt, dass es etwas mochte.

«Die Landluft würde dir guttun», sagte er.

«Ich mag Erde», sagte das Kind.

Unter großen Anstrengungen erwarb er einen Bauernhof mit dem dazugehörigen Gerät. Er zahlte einen viel zu hohen Preis, weil er bei den Verhandlungen und beim Notar unter dem Einfluss von Betäubungsmitteln stand. Es war besser, als dabei auf dumme Gedanken zu kommen.

«Wo gräbst du mich jetzt ein?», fragte das Kind, als es das brachliegende Feld hinter dem Hof sah, zehn Hektar zusammenhängende Fläche.

«Nirgendwo», sagte er, matt und verwirrt. Vielleicht könnten sie hier leben, das Kind und er, am Rande des absterbenden Dorfes, fern von der Stadt und den Menschen.

«Hier ist so viel Platz zum Eingraben», sagte das Kind. Es bückte sich und prüfte die Erde. «Der Boden ist weich.»

Er ging in die Hocke und legte dem Kind die Hand auf die Schulter. Er fühlte die raue Wolle des Pullunders und die kleinen Knochen unter der Haut. Er spürte, dass er die ganze Zeit über einen anderen Plan gehabt hatte, als hier zu leben. Die Luft roch nach Resthof und Wendehammer. Einen Moment fürchtete er, sein Gesicht wäre beschädigt, aber dann begriff er, dass er lächelte.

«Aber nicht mit dem Kopf nach unten», sagte das Kind. «Ich bin ja noch im Wachstum.»

Einige Monate später verständigte der Bürgermeister der Nachbargemeinde das Jugendamt in der Kreisstadt. Der Städter mit dem blassen Kind hatte von Anfang an den Argwohn der Restbauern erregt, weil er mehr als eine viertel Million für den alten Moorhof bezahlt hatte. Der baut das aus und macht da was mit Wellness draus, hatte es geheißen, und dann können wir einpacken mit Urlaub auf dem Bauernhof, kannst mal sehen, Jürgen, einpacken können wir.

Aber der Städter machte keine Anstalten, etwas um-, an- oder auszubauen. In der Folge wurde gemutmaßt, er führe Pädophiles im Schilde. Als anscheinend über Nacht eine ganze Großfamilie wie aus dem Nichts Quartier auf dem Moorhof bezog, Oma, Opa, Onkel, Tante, Geschwisterkinder und wohl auch eine Mutter, gingen die Spekulationen in Richtung Sekte oder Ökospinner, und es gab Streit darüber, was der Unterschied war.

Dann diese verdächtige, ungute Stille. Aber man kam ja zu nichts. Weshalb der Bürgermeister ein wenig Zeit verstreichen ließ und dann noch ein wenig mehr, bis er am Ende anrief beim Jugendamt.

Der zuständige Sachbearbeiter und Sozialarbeiter versuchte es zuerst telefonisch. Das Kind meldete sich mit verstellter Stimme als «G. Scheißen» oder unverstellt als «Klein Fritzchen». Der Sachbearbeiter hielt dies aufgrund seiner Ausbildung und seiner Berufserfahrung für ein recht typisches Verhalten verwahrloster und sich selbst überlassener Kinder.

Auf dem Weg zum Moorhof überkam ihn der unwiderstehliche Drang, dort als Vertreter aufzutreten. Staubsauger womöglich oder Damenstrümpfe. Aber nur in Gedanken, als Teil seiner persönlichen Legende, gewissermaßen. Einen Atemzug lang wunderte sich der Sachbearbeiter über diese Idee, ab dem nächsten aber erschien sie ihm absolut folgerichtig und geradezu unvermeidbar. Er lenkte seinen Passat auf den Hof, parkte und läutete an der Tür des alten Bauernhauses. Weit und breit war kein Mensch zu sehen. Außer dem blassen Kind, das jetzt die Tür öffnete.

«Guten Tag, mein Kleiner», hörte der Sozialarbeiter sich sagen. Er wunderte sich über seinen öligen, onkelhaften Ton. «Sind denn deine Eltern zu Hause?»

«Nein.»

«Und kommen sie bald wieder?»

«Nein.»

«Wo sind sie denn?»

«Vom Trecker überfahren.»

Der Sozialarbeiter erschrak mit professioneller Unauffälligkeit. Hier hatte sich offenbar eine Tragödie abgespielt. Aber nun wurde sich von Amts wegen gekümmert.

«Und sag mal, sind deine Großeltern da?»

«Nein. Vom Trecker überfahren.» Nun gut. Womöglich neigte dieses Kind zur Übertreibung. Aber es hatte einen Anspruch darauf, ernst genommen zu werden.

«Oh nein. Und hast du einen Onkel oder eine Tante?»

«Vom Trecker überfahren.»

«Und hast du denn gar keine Geschwisterchen?»

«Vom Trecker überfahren.»

«Du armes Kind», sagte der Sozialarbeiter. Innerlich maßregelte er sich selbst ein wenig: Dem Kind war nicht geholfen mit verbal ausgedrücktem Mitleid, hier zählten nur qualifizierte Maßnahmen. Man durfte die Fälle auch nicht zu nah an sich herankommen lassen. Dennoch fuhr er mit der gleichen Betroffenheit in der Stimme fort: «Was machst du denn den ganzen Tag so allein hier?»

«Trecker fahren», sagte das Kind triumphierend.

Nur mit Mühe konnte der Sozialarbeiter sich vom Moorhof retten, wobei sein Passat durch mehrere seitliche Kollisionen mit einem schweren Traktor erheblich beschädigt wurde, aber die Versicherung zahlte später alles. Die Polizeikräfte aus der Landeshauptstadt fanden insgesamt neun Leichen auf dem Moorhof, die offenbar alle auf der Flucht von einer Landmaschine überrollt worden waren, denn die breiten Reifenspuren trugen sie auf dem Rücken, dem Hinterkopf oder den Rückseiten ihrer Extremitäten.

Nur eine männliche Leiche, Anfang vierzig, war

offenbar von vorne vom Traktor überrollt und zerquetscht worden. Der schon recht verweste Körper lag in der Einfahrt der Scheune auf dem Rücken, mit ausgebreiteten Armen, als hätte er das Gerät und seinen Fahrer willkommen geheißen.

FRANK SCHULZ

DAS
UNHEIMCHEN

I.

in ich wach ...? Ich bin doch wach. Sicher *bin ich wach ... oder?*

Bis eben noch umnachtet, hat sie nach dem Schalter am Kabel ihrer Nachttischlampe getastet, ja geradezu panisch ins Stockfinstere gegrapscht. Jetzt dämmert ihr, dass sie nicht zu Hause ist. Sie nimmt das an ihr klebende Bettzeug wahr und ihr hämmerndes Herz. Doch wenn sie wach ist, warum zirpt nach wie vor dieses Insekt? Diese Grille des Grauens, die eben noch durch ihren Albtraum gespukt ist?

Zwei, drei Fehlhiebe gegen den Verputz oberhalb der neongrünen 3:13 im Radiowecker, dann trifft sie ihn, den Wandschalter der Wandlampe. Dieses aufreizende *Pririr-pririr* jedoch hörte erst nach zwei, drei weiteren Wiederholungen auf.

Rücklings klitschnass und japsend blinzelte sie.

Nachtschrank. Buch, ausgestelltes iPhone, Wasserglas, Pillendöschen. Grobgetünchte Wände. Fassgemalter, malerisch angelaufener Spiegel, der auberginefarbene Zehennägel zeigt – ihre. Gegenüber vom Fußende Bauerntruhe mit Intarsien. Mit Strohmatten gedeckter Zimmerhimmel.

Kein Zirpen mehr. Nur ihr Herzklopfen und das Jaulen des Wintersturms im Gebälk.

Annelene Borsig stemmte ihre Beine über den Bettrand und tappte die gut dreißig Schritte über den samtigen Teppich, vorbei an einer weiteren geschnitzten Truhe, Ledersesseln, einem antiquarischen Kleiderschrank; vorbei an Sekretär, Plasmabildschirm und wuchtigem Quader aus Rattan als Couchtisch – dahinter ein Polstermöbel, auf dem eine siebenköpfige Familie hätte überwintern können – bis hin zu den bodentiefen Fenstern. Langte zwischen die Doppelvorhänge aus Leinen und Kunststoff und öffnete eines. Elf Grad frostig blies der Eismond ihr seinen Atem ins verschwitzte Gesicht. Heilsamer Schock.

Diese gottverfluchte Insektenphobie. Seit sie ein Mädchen war, grauste es Annelene vor Schnaken, Tausendfüßlern, Käfern, insbesondere jedoch vor Grillen. Das Massenschnarren dieses Geziefers war Horror in kristalliner Form. Aber schon der Gesang einer einzelnen Grille, das scheinbar harmlose *Pririr-pririr* ... wenn sie diesen ach so idyllischen Klang vernahm, stieg gleich zarter Ekel in ihrer Kehle auf, der nicht selten in Brechreiz mündete.

Lämpchen mit Pilzhauben entlang dem Gehweg. Sie zirkelten Helligkeit in den nachtschattigen Schnee. Den kahlen, orangefarben bestrahlten Birkenriesen vorm Teich zausten Sturmböen – ebenso wie den Tannenbaum. Seine Lichterketten hielten dem Orkan stand; unverdrossen blinkten ein paar Birnchen.

Annelene schnaufte durch. Ein Schauer nach dem anderen jagte ihr übers Kreuz, doch der Sauerstoff belebte, und indem sie die zivilisatorischen Errungenschaften dort unten im Garten in den Blick nahm, verwies sie ihre Dämonen in die Schranken.

Erst gegen sechs Uhr war sie wieder eingedöst.

Was ihr jedoch noch im Jugendstil-Wintergarten zu schaffen machte, war die Frage, ob sie das Zirpen aus ihrem Albtraum wirklich gehört hatte, *als sie schon wach gewesen war?* War jene Grille des Grauens aus dem Albtraum in die Realität übergesprungen? Beinah noch beängstigender: wenn ihre Suite einem realen Exemplar Unterschlupf böte. Konnte das angehen? Mitten im froststarrenden Januar? In einem Spa-Hotel, das ab fünfhundert Euro aufwärts pro Nacht verlangte?

Sachte zitternd senkte Annelene die Tülle, mit links den Deckel des Kännchens sichernd. Bronzebraun und dampfend floss der Assam Bari in die Porzellantasse.

Das Baby am Nebentisch quäkte, und sofort gurrte die Mutter – halb so alt wie Annelene – auf das Kind ein.

Lausitzer Imkerhonig, Rübensirup, Spreewälder Bio-Quark und Joghurt ... Annelene buchstabierte die Frühstückskarte, doch um sie zu verstehen, war sie zu unruhig. Wenn es, dachte sie, in ihrer Suite tatsächlich eine Grille gab, hatte die dann tatsächlich zwei, drei Sekunden gebraucht, um das eingeschaltete Licht wahrzunehmen? Dieses Zirpen ... Annelene meinte gelesen zu haben, dass das Viech den Ton erzeugte, indem es die Hinterbeine aneinander rieb! Beine, so dünn wie Wolframdraht ... Annelenes Speiseröhre fühlte sich an, als säße eine schmutzverkrustete Borste quer. Sie würgte diskret.

Ach was. Vermutlich hatten ihre aufgepeitschten Sinne ihr bloß ein Echo vorgegaukelt, ein aus dem Albtraum herüberhallendes Echo, ganz ähnlich, wie vor ihrem inneren Auge oft noch dessen letzte Bilder nachflackerten, während sie längst wach war.

Knusprige Brötchen, Vollkornbrötchen, Croissants, Lausitzer Landbrote ... Sie nahm einen Schluck Tee, um den Magen anzuwärmen. Dann griff sie zur Hotelzeitung. Sie zeigte Wochentag und Datum an, das Wetter für *heute, morgen* und *übermorgen* – identisch *wolkig, stürmisch, Schneegriesel, bis zu −12 °C* –, darüber hinaus Fit- und Wellness-Angebote, ein Lesetipp der Buchhändlerin im Hause und das Programm des hoteleigenen Kinos.

Erst dann fiel ihr die Überschrift im Logo auf: *Dobre zajtšo*. Darunter stand: *Das ist Sorbisch und heißt «Guten Morgen»*. Und wie selbstverständlich löst das slawische Häkchen über dem *s* die x-te Wiedergeburt jenes altbekannten Ohrwurms aus, jenes niederschmetternden und aufwühlenden Refrains aus geographischen Namen – eines Refrains, der den fürchterlichsten und segensreichsten Wendepunkt ihres Lebens beklagt und besingt: *Žijevo Prošćenje Veruša … Žijevo Prošćenje Veruša …*

Zufall? Nach dem Erlebnis letzte Nacht? Ist es so weit? Vierundzwanzig Jahre, mein Gott … Madame Kassandra, sollte sie recht behalten …?

Wie gestern Nacht beginnt ihr Herz brutal gegen die Rippen zu schlagen. Fluchtartig verlässt sie den Wintergarten. Beim Engpass am Samowar muss sie an einem Mittdreißiger vorbei, dessen diabolisch anmutendes Profil ihr beängstigend vertraut erscheint. Als sein Blick jedoch den ihren trifft, scheint sich ihre nervöse Erregtheit darin auf ärztlich besorgte Weise zu spiegeln.

Nach dieser zweiten Panikattacke innerhalb von sechzehn Stunden wäre sie fast abgereist. Auf ihrer Flucht durchs Treppenhaus gab sie sich und dem Spa aber eine letzte Chance: Könnte die Hausdame bestätigen, dass es sich um einen Albtraum gehandelt haben müsse, würde Annelene bleiben. Wenn nicht, würde sie den gerade ausgepackten Koffer gleich wieder packen.

Da auf der Polstersänfte in ihrer Suite jedoch eine so himmlische Geborgenheit herrschte – gerade wegen des Heulens in den Windfängen, ohne auch nur das leiseste Zirpen, vielleicht auch weil ihr als tröstliche Ikone das anteilnehmende Gesicht des Samowar-Mannes erschien –, verschob sie das Gespräch mit der Hausdame. Hinter den je zwei Doppelfenstertüren nach Süden und Westen schraffierte der Schneesturm die Landschaft.

Ich hab doch nicht all die Jahre so hart gearbeitet, um mich gleich am ersten Tag der Freiheit foppen zu lassen ... Sie sprang auf und machte sich fertig.

Die Therme hatte altrömische Ausmaße. Zentral eine Schwimmhalle mit offenem Dachstuhl und maurischen Bögen im oberen Stockwerk, von dem aus man aufs blau leuchtende Becken blicken konnte, auf die Doppelreihen von Diwanen, zwischen deren Polstern schöne, wohlhabende Menschen in gleichfarbigen, flauschigen Bademänteln unter Kapuzen miteinander flüsterten, lasen oder dösten. Lampenschirme streuten gedämpftes Licht, Ton-Urnen mit arabesken Durchbrüchen Kerzenschein; in einem gewaltigen Kamin knisterten verkohlte Scheite. In den angrenzenden Gelassen Ruhezonen, Saunen und Dampfbäder, Hamam, Whirlpool, Eisduschen. Familien mit ihren enervierenden Kleinkindern verfügten über einen eigenen Bereich. Paradiesisch, und so beschloss Annelene, aus einem neuerlichen Grillenzirpen in der Nähe ihres Ruheplatzes kein neuerliches Drama zu machen. Wahrscheinlich vom Band, dachte sie. Keiner der anderen Gäste störte sich daran, und also tat sie sich selbst gegenüber so, als habe sie nichts gehört, und ging im Bademantel ins Kino, das ebenfalls mit diesen ausladenden Halbliegemöbeln ausgestattet war. Meistens allein, schaute sie «Die Brücken am Fluss» und flennte sich in wonnevolle Duselei.

Am Abend endlich Appetit, und damit erwachte auch wieder ihr Lebenshunger. In großer Toilette nahm sie im Verandasaal Platz. Sie wählte als Aperitif Campari Orange, schlenderte, unverzüglich angezwitschert, zum Buffet und bereitete sich einen Teller mit eingelegtem Fenchel, Quinoa-Salat, Rote-Bete-Salat, Steckrübensalat in Balsamico sowie Buntem Gemüsesalat mit Nüssen zu, plus drei riesigen dunklen Oliven und einem halben Esslöffel Kürbiskerne. Danach zwei Kellen überaus delikater Kartoffelsuppe mit knusprig gesottenen Kabanossi-Talerchen. Als Hauptgang das auf der Haut gebratene Filet vom Wolfsbarsch mit wilder Riesengarnele, Zuckerschoten und Safranrisotto? Nein, Garnele erinnerte sie an Grille, und da sie ohnedies Lust auf einen 2014er «Les Gardettes» hatte und überhaupt, bestellte sie dann doch geschmorte Ochsenbacke mit Rotweinsauce, Rosenkohl und Kartoffelstampf. Und ließ sich auch noch das «Croissant aux amandes» mit Joghurt-Sanddorn-Eis vorsetzen. Und aus der Käsekammer das ein oder andere Würfelchen Rohmilchkäse von Affineur Maître Waltmann. Der Liqueur «Frangelico», destilliert aus wilden Haselnüssen und ausgesuchten Beeren und Früchten, glitt mit Jucheirassa über die entzückten Papillen der verwitweten ehemaligen Unternehmerin Annelene Borsig, 62; frischgebackene Pensionärin, ungebunden, unabhängig und unternehmungslustig.

An jedem Ende der Bar luden geräumige Nischen mit Sofas zum gefälligen Versacken. Dazwischen verlief – in Krampenform – der indirekt helllila beleuchtete Tresen. Verblüffenderweise in Kniehöhe. Keinerlei hohe Hocker deswegen, sondern kurzbeinige Sesselchen: das gewöhnliche Barprinzip auf den Kopf gestellt – die Wirkungsstätte des Barmixers war in den Boden versenkt. Mittig eine Pyramide voller geistiger Getränke, gekrönt von einer Flasche Louis XIII.

Gleich beim Eintreten wurde sie vom anderen Ende mit kümmerndem Augenkontakt begrüßt: der Samowar-Mann. Sofort fühlte sie sich noch beschwingter, doch war in seiner Nähe kein unbefangener Platz frei. Sie wählte eines von zwei Sesselchen an der langen Seite des Tresens. «Ist hier noch frei?» Eine junge Frau, offensichtlich die Tochter der ihr zugewandten Dame, lächelte nickend zu ihr auf.

Zu Annelenes Rechter der freie Sessel, auf dem

nächsten aber ein Kerl Anfang siebzig. Sein Teint loderte unter weißen Stoppeln hervor, die den Schädel rundum bewuchsen, übers dreifache Kinn hinweg bis tief ins Gesicht hinein – nur die Brauen waren schwarz. «Wie bitte?», tönte er mit Stentorbass, den Kopf lateral zur Blickachse gegen den Sitznachbarn geneigt. «'tschuldj'nse, aba so isset im Alta: Die Oahrn wern zwa jrößa, bloß dringt ehmt imma wenja dorich.» Und dann lachte er, dass die Orchideen in den Vasen gilbten.

Insgesamt aber war das Publikum angenehm. Teure Frisuren, edle Zwirne, allenthalben Goldener Schnitt, und zwar auf legere Art – *unterkandidelt*, dachte Annelene.

Sie bestellte einen staubtrockenen Martini. Der sie gegen die Avancen des Berliners wappnen sollte, aber nicht davor bewahrte. Wenn er sprach, wanden sich seine Brauen wie Raupen. Seifige goldene Brücken baute er ihr, und weil sie drauf pfiff, vertat er sich schließlich im Ton, indem er ihr einen «feuschten Fuzzi» offerierte.

«Wie bitte?»

«Kennse nich? Man befeuschtet 'n Zeijefinger und steckt ihn dem Jejenüber ins Oahr, wa? Dit nennt sich ‹feuschter Fuzzi›!» Der siebzigjährige Lausbub drehte sich krachend lachend zu seinem Nachbarn.

Annelene traute ihren Ohren nicht. Doch noch bevor sie selbst ihm Paroli bieten konnte, erschien zwischen ihnen der Samowar-Mann. «Na, na, Herr Doktorr Bunke», sagte er mit rumpelndem R – seine Familie stammte aus Siebenbürgen, wie Annelene kurz darauf erfahren sollte –, «Sie hatten wohl die ein oder anderre Schnapsprraline zuviel!»

Bunke fuhr herum. «Meinense ditte?» Er deutete auf seinen Wanst. «Dit is keen Angbongboing, dit is een Kwashiorkor, is dit!» Von seinem eigenen Bonmot begeistert, haute er seinem Nachbarn auf die Schulter und lachte, als gäb's kein Morgen.

«Guten Abend», wandte sich daraufhin der Samowar-Mann an sie, Annelene, mit demselben besorgten Blick wie am Frühstücksbuffet. «Ist hier noch frei?»

II.

Gegen zwei Uhr waren sie die letzten beiden Gäste. «Eine solche lange, freimütige und angenehme Konversation», sagte Annelene, angetrunken, erleichtert und glücklich, «habe ich schon ewig nicht mehr geführt.»

«Das frreut mich», erwiderte Lucian. «Und warr mirr ein außerrorrdentliches Verrgnügen.» Vorm Fahrstuhl deutete er einen Handkuss an. «Gute Nacht! Bis um elf zum Rührrei mit Speck!»

«Gute Nacht, edler Ritter!»

Nachdem er sie aus dem Dunstkreis dieses unmöglichen Menschen da errettet, hatte sie ihn wispernd gefragt, was zum Kuckuck der da eben eigentlich von sich gegeben habe. «Embonpoint ist ein Ausdruck fürr Wohlstandsbäuchlein», hatte Lucian erläutert, «und Kwashiorrkorr einerr fürr Hungerrödem. Ein Symptom der PEM, Prrotein-Enerrgie-Mangelerrnährung. Man kennt das von afrrikanischen Kinderrn.»

Mühsam ihres Abscheus Herrin werdend, schoss sie Doktor Bunke einen Blick ins Stiergenick.

Umso dankbarer war sie Lucian. Seine Hände, seine Augen und Aufmerksamkeit waren unwiderstehlich und nährten zeitig den Wunsch, er möge ihr Misstrauen darüber zerstreuen, weshalb er sich mit einer «alten Schachtel wie mir» überhaupt abgebe.

«‹Alte Schachtel›, ts, ts … Wie alt ist denn die ‹Schachtel›, mit Verrlaub – neunundvierzig? Ich übrigens fünfunddrreißig. Und falls Sie mirr das Geständnis entlocken wollen, ich wärre homophil, muss ich Sie enttäuschen.»

So oder so war sie zunächst einmal an seinem Ohr interessiert. Und tatsächlich offenbarte sie ihm in den folgenden Stunden ihr ganzes Leben. Und hinterher war es kaum noch zu glauben, aber: einschließlich ihres dunkelsten Geheimnisses.

Die Tempi ihrer Begegnung ließen gar keine andere Wendung zu. «Teilen auch Sie Ihr Zimmer mit einer Grille?»

«Nein, aberr im Winterrgarrten habe ich Zirrpen verrnommen. Und vorr allem in derr Landtherrme ...»

«Oh Gott, ich dachte, das käme vom Band!»

Er lachte. «Das denken die meisten. Sind aberr quicklebendige Heimchen, allesamt.»

«Heimchen?»

«*Acheta domesticus*. Aus derr Familie derr *Gryllidae*. Überrwinterrn gerrn im Warrmen. Werr nicht?» Auf ihren wohl schwer zu deutenden Blick hin fügte er hinzu: «Ich bin Biologe. Gestatten? Lucian Rau.»

«Heimchen! Heimchen am Herd ...» Sie ärgerte sich über ihr assoziatives Gestammel, und um die Ungelenkheit zu vertuschen, fügte sie noch plumper hinzu: «Wollte ich nie sein. War ich auch nie.»

«Das glaube ich Ihnen gerrn.»

Sie nahm sich zusammen. «Entschuldigen Sie mein unmotiviertes Geplapper. Annelene Borsig.» Sie reichte ihm die Hand, und als sei ihr Innerstes derselben Zwangsläufigkeit unterworfen wie die Quellen im Gebirge von Prošćenje, begann sie zu erzählen.

Beseelt und mit präzis dosierter Bettschwere schlief sie sofort nach dem Abschminken ein, erwachte aber drei Stunden später wieder; wieder mit hartem Herzklopfen. Diesmal erinnerte sie sich weder an einen Traum oder Albtraum, noch vernahm sie Grillenzirpen. Mit angehaltenem Atem lauschte sie: außer Sturmgetöse vor den Fenstern – nichts. Die grünen Ziffern im Radiowecker: 5:08.

Obwohl so müde, dass ihr vom Gähnen Nacken und Kiefergelenke wehtaten, konnte sie nicht wieder einschlafen. Auch im Hirn breiteten sich Schmerzen aus, und weil sie nicht wach im Dunkeln liegen mochte, ließ sie die Wandlampe an. Je länger ihre Schlaflosigkeit dauerte, desto heilloser verstrickte sie sich in ihr Grübelknäuel: Wie von ungefähr begann Argwohn sie zu quälen – Argwohn, einen Fehler begangen zu haben. Einen schweren, womöglich tödlichen Fehler. Ja, es kam ihr vor, als habe sie den Abend unter Einfluss einer unbemerkt verabreichten Droge verbracht. Einer Wahrheitsdroge.

Ängstlich starrte sie an die Decke, als habe sie zwischen den Strohmatten eine schnakenhaft huschende Bewegung wahrgenommen. Wimmernd stand sie auf, und gebeugten Genicks – hin und wieder schräg an die Zimmerdecke schielend – floh sie die dreißig Schritte über den samtigen Teppich, vorbei an Truhe und Ledersesseln, Kleiderschrank und Sekretär, Plasmafernseher und Rattanquader, und lugte durch den Doppelvorhang in den nächtlichen Schneesturm, ohne etwas wahrzunehmen, weder die pilzköpfigen Weglämpchen noch die orangefarbene, sturmgepeitschte Birke. Ihr innerer Furor übertönte und -blendete jedes Bild, jeden Ton von außen. Angestrengt kramte sie in ihrem

Gedächtnischaos, mit welchen Worten sie Lucian ihre Geschichte erzählt hatte ...

«Mehrfach hab ich ihn angebettelt» – hatte sie wirklich «angebettelt» gesagt? –, «aber Günter wäre nicht Günter gewesen, wenn er mir meine Insektenphobie hätte durchgehen lassen. In den Wochen vor unserer Urlaubsreise geriet ich immer wieder in Panik, aber dass es dann *so* schrecklich würde ...»

«Das Gerassel überall! Dieses wahnsinnige, ohrenbetäubende Schnarren aus den Bergen und Wäldern und Büschen und – oh, mir wird bis heute blümerant, wenn ich nur dran denke ... Okay, dieser scheinbar harmlose Sologesang, dieses *Pririr-pririr* ... ein bisschen besser zu ertragen, aber nachdenken darf ich auch darüber nicht.»

Habe ich nicht auch von der Zwangsvorstellung gesprochen, eins von diesen Fadenbeinchen in der Gurgel zu spüren?

«Dass unsere Wanderung dann in einer Katastrophe enden würde – im Nachhinein kommt es mir vor, als hätte ich es geahnt ...»

«Jugoslawien. Heute Montenegro. Prošćenje heißt das Gebirge. Er wollte ein Foto von der Žijevo-Schlucht machen und ist abgestürzt.»

«Ja. Ja, ein Albtraum. Ein luzider Albtraum. Seitdem bin ich nie wieder in den Süden gereist.»

«Nie. Und wenn, dann Winterurlaub. In den letzten Jahren des Öfteren; bis dahin: nur Arbeit. Ich habe gern gearbeitet. Arbeit war mein Leben ... aber jetzt, seit Anfang des Jahres, ist Schluss. Jetzt will ich mein Leben anders genießen, verstehen Sie?»

«Neunzehnhundertneunzig. Ein Jahr später brach der Balkan-Krieg aus.»

«Inhaber einer kleinen Strickerei. Fünfundfünfzig Arbeiterinnen hatte er unter sich. Und alle himmelten sie ihn an. ‹Der Herr der Damen› nannten sie ihn! Drei Jahre nach seinem Tod hab ich die Fabrik verkauft.»

«Mein eigenes Unternehmen aufgebaut. Eine kleine, aber sehr einträgliche Werbeagentur ...»

Habe ich tatsächlich all das erzählt? Auch von ihrer mit aller Macht unterdrückten Wut über Günters Hochzeitsgeschenk an sie: jenen emaillierten Jugendstil-Gussherd mit den verchromten Stangen? Auch von jenen beschämenden Anflügen klammheimlicher Erleichterung – darüber, dass sich das Damoklesschwert der von Günter erwarteten Schwangerschaft nach seinem Tod in Luft aufgelöst hatte? *Auch das habe ich erzählt?* Abenteuerlich. Doch am unglaublichsten war, dass –

Oh ja, ganz offensichtlich hatte sie das Geheimnis ihres Lebens offenbart, das zentrale Geheimnis, das sie noch niemals einem anderen Menschen verraten hatte. Und jetzt einem *wildfremden Mann*, einfach so, wie nach dem Fingerschnippen eines Hypnotiseurs. Und zwar keineswegs widerstrebend, vielmehr zutiefst erfüllt von dem strömenden, ja schwallenden Gefühl, es endlich, nach all den Jahren endlich, endlich einmal aussprechen

zu dürfen, wie stockend auch immer: «Abgestürzt, ja ...
Bis heute sehe ich sein verdutztes Gesicht vor meinem
inneren Auge, ja: gar nicht mal erschrocken, nur verblüfft, dass dieser große, breite Gesteinsbrocken unter
seinen Füßen plötzlich nachgab, einfach wegbrach, obwohl er, der allwissende Alleskönner Günter, die Stabilität ganz und gar anders eingeschätzt hatte, und weil
alles so schnell ging, griff ich im Reflex nach ihm, aber
ich – ich weiß nicht, es klingt furchtbar, aber – im Nachhinein, heute, nach all den Jahren, bin ich mir nicht
sicher, ob ich ihm nicht, ob ich ihm nicht noch – einen
Stoß versetzt habe ...»

War es an der Stelle gewesen, dass Lucian nach ihrem Mädchennamen gefragt hatte? «Borrsig ... Borrsig
klingt so borrstig. Wie hießen Sie vorr Ihrerr Hochzeit?»

«Sonne», hatte sie verlegen erwidert, «Annelene Sonne», und beinah gegen ihren Willen stahl sich sodann
ein von kindlicher Trauer umschattetes Lächeln in ihre
Wangen, und Lucian Rau, er sah es, und seine Spiegelneuronen zeigten ihr, dass er es sah, und da erzählte sie
ihm auch noch von Madame Kassandra. Jener Kirmeswahrsagerin. Klischee mit schwarz gefärbten Haaren,
schwarzer Paillettenbluse, goldenen Kreolen, Kajal und
Lidschatten und Lippenrot. Mit über der Kristallkugel
gewölbten Händen – Fingernägel wie blutige Stilette –
hatte sie geraunt: «Eines Tages wird etwas Unerklärliches passieren ...» – «Was denn?» – «Sie werden es

wissen, sobald Sie es erleben ...» – «Und wann?» – «Irgendwann. Sie werden es wissen, sobald Sie es erleben – und wenn es vierundzwanzig Jahre dauert ...»

III.

Als es an ihrer Tür klopfte, war die Suite von vorhanggefiltertem Tageslicht erfüllt. Verwirrt horchte Annelene. Zum zweiten Mal ein zaghaftes Klopfen. Sie schaute auf den Radiowecker: 14:24 leuchtete es grün. *Was? Darf nicht wahr sein. Lucian ... Rührei mit Speck ...* «Moment!» Sie stand auf. «Einen Moment!», rief sie durch die Tür, klatschte sich im Bad ein wenig Wasser ins Gesicht, ordnete ihr Haar, hüllte sich in den Bademantel und öffnete lächelnd die Tür.

«Oh Entschuldigung», sagte die Hausdame. Neben ihr ein kleiner, exakt gescheitelter Mann mit eifrigen Augen und Werkzeugköfferchen.

«Kein Problem», sagte Annelene enttäuscht.

«Wissen Sie – Sie haben ein Heimchen in Ihrem Zimmer. Haben Sie das schon bemerkt? Herr Echsner würde gern die Fallen überprüfen.»

«Die Fallen?»

«Ja», sagte Herr Echsner. «Unter den Strohmatten. Und ein wenig Spray versprühen. Insektizides Aerosol. Für Menschen unbedenklich.»

Sie hielt sich die Hand vor den Mund und schluckte. «Oh Gott, könnten Sie – in einer Stunde wiederkommen? Unterdessen mache ich mich frisch, und dann gehe ich ein wenig spazieren, dann können Sie ungestört arbeiten, ja?»

Es war wie verhext, doch als sie endlich fertig war – geduscht, frisiert und winterfest zugeknöpft –, zeigte der Radiowecker bereits die Zahlen 15:44. Sie ließ den eifrigen kleinen Kerl herein und ging im Gegenzug hinaus. Keine Sekunde lang wollte sie sehen, was der da trieb. Außerdem brauchte sie dringend frische Luft. Sie konnte immer noch nicht fassen, dass sie die schlaflose Nacht mit einem ganzen Vormittag Betäubung hatte bezahlen müssen.

Ihre Wetter-App zeigte minus dreizehn Grad an. Sie verließ das Hotel durch die Portiere des Wintergartens. Direkt vor der Tür der Kahnhafen mit den Anlegepfählen in venezianischem Stil, olivfarben mit hellgrünen Spiralstreifen und goldenen Pickelhauben. Es schneite Wattebäuschchen, die sich in dem schwarzbraunen Wasser in nichts auflösten. Offenbar herrschte hier ein Sturmloch, denn von schräg oben in den Wipfeln der Erlen, Eichen und vereinzelten Kiefern vernahm Annelene das tiefe Fauchen des Russlandtiefs. Sie erfreute sich an ihrer Kaschmir-, Angora- und Lammfell-Vermummung; nur ihre Nasenspitze fror. Sie überquerte die japanische Brücke übers Fließ und bog, wie ihr an der Rezeption geraten worden war, links auf die Asphaltstraße. Nach wenigen Minuten entlang dem Kanal die angekündigte Brücke über die Hauptspree. Rechts einbiegen, in jenen Feldweg, der laut Beschilderung «An der Hauptspree» hieß.

Hier kehrte plötzlich der Orkan zurück – und zwar von vorn. Annelene stopfte den Schal zurecht und stapfte durch den Schnee am Wegesrand voran. Noch erfreute sie sich an der klaren, frostbrennenden Luft.

Zwischen schneebedeckten Feldern beidseits des Weges weit verstreut Gehöfte mit schmucklosen Gehäusen, das Haupthaus schwer von den Nebengebäuden zu unterscheiden. Hinter jedem Zaun, den sie passierte, dunkles Hundegebell. Sie hasste Hunde. Kein Mensch zu sehen in der januarharschen, stürmischen Landschaft, weder Wanderer noch Bewohner. Dafür immer wieder hinkende, hüpfende Krähenvögel, Schwarz auf Weiß, auf den vereisten Buckeln der Wege, auf den Feldern und entlang der weitschweifigen Raine, wo wilde Baumgespenster verschiedenster Rassen im Sturme tanzten. Und immer wieder diese unheimlichen Kopfweiden, aus deren Höhlungen der einsamen Wanderin Trolle an die Kehle zu springen drohten.

Zusehends kam sie sich vor, als durchschreite sie einen Windkanal. Unablässig schoss ihr der Schnee als eisiges Schrot gegen Stirn, Lider, Wangen, Nase. Sie richtete den Blick auf den schneeverwehten Boden, während sie sich vorankämpfte, schaute nur hin und wieder auf, um zu sehen, wo zum Teufel sie sich befand, und einmal entdeckte sie dabei etwas, das ihr das Blut schockgefrieren ließ: Hinter einer ganzen Reihe jener schauerlichen Weiden glitt, knapp über dem Schneekamm, eine vermummte Sitzgruppe nebst einem hochaufgeschossenen Sensenmann entlang – ... Halluzinierte sie schon, oder hatte sich da ein Kahnführer mit dem Wetter verschätzt?

Annelene hatte sich ohne Weiteres zugetraut, einen Rundweg rein intuitiv hinzubekommen. Doch war oft schwer vorherzusagen, ob ein Abzweig vom Hauptweg nicht, nach geschätzten fünf bis acht Minuten, in eine Privat- und also Sackgasse mündete; abgesehen vom jeweiligen Zeitverlust verwirrte das Hin und Her ihren Orientierungssinn, und plötzlich stellte sie fest, dass es bereits erheblich dämmerte, und nun war sie *nicht* mehr sicher, ob sie es noch vorm vollständigen Eindunkeln zurück schaffen würde. Klar, sie würde sich immer wieder links halten müssen, um in einem Bogen an die Hauptspree zurückzukehren, doch komischerweise stand auf dem Straßenschild an praktisch jedem größeren Abzweig – ob links, ob rechts – jeweils «An der Hauptspree»! Und als es sie beim schon ein wenig hektischen Umschauen schwindelte, geriet sie in gefährliche Nähe zu einer vollständig ausgehöhlten Kopfweide; plötzlich fühlte Annelene sich selbst wie eine: gedrungener, leerer

Korpus, doch dem Kopf entwuchsen steife Tentakeln, wie einer Medusa, der die Haare zu Berge stehen. Vor jähem Grausen taumelnd und erfasst von einer heftigen Bö, wich sie seitlich aus, wobei ihr Stiefelabsatz auf ein blankgefrorenes Stück Reifenprofil geriet. Im selben Nu vollführte sie einen verqueren Spagat. Da ihr Körper erahnte, dass seine Adduktoren dem nicht gewachsen wären, warf er sich kurz vor Vollendung blitzschnell, in einer Art kinetischem Zauberkunststück, fuchtelnd herum – und bürdete die Folgen der rechten Seite auf: Ellbogen, Schulter und Hüfte. Der Schmerz zwang Annelene in eine zweisekündige Ohnmacht, und beim Erwachen schrie sie vor Qual und Entsetzen laut auf. Wutentbrannt antwortete ein Hund, dem Timbre nach groß wie ein Wildschwein.

Panisch versuchte Annelene, sich aufzurichten. Doch erlaubte der Schmerz eine stützende Bewegung, verbot sie der glatte Erdboden. Wie zum Hohn fing der Sturm nun erst recht zu toben an. Der Schneeschrot verwandelte sich in Hagel. Wie aus sich selbst heraus leuchtend, rasterten die Körner die Abenddämmerung, die prasselnde Dichte machte jede Sicht zunichte. Annelene krauchte durch den Schnee; sie litt Schmerzen und nackte, arktische Angst. Ihre Hose und die lange Unterhose waren rechtsseitig vollständig durchnässt, auf ihrem Oberschenkel spürte sie Frostbrand, dafür die Finger in ihren Handschuhen überhaupt nicht mehr;

und nach einem Dutzend vergeblicher Versuche, auf die Füße zu kommen, kroch sie am Straßenrand durch den Schnee – ob in die Richtung, aus der sie gekommen war, oder in die andere, wusste sie nicht. Sie sah nichts als hagelgepixeltes Grau; mit tauben Sinnen stellte sie sich darauf ein, mitten in der Zivilisation zu erfrieren.

In dem Moment vernahm sie Motorengeräusch; voller Bangen, überfahren zu werden, robbte sie unter stechenden Schmerzen noch einen weiteren Meter von der Fahrbahn weg. Ein gelber Lichtkegel erfasste sie. Wie besessen winkte Annelene mit dem heilen Arm. Und schrie. Wie von Sinnen schrie sie, und prompt verbellten sie vier, fünf Köter aus der näheren und ferneren Umgebung. Die Limousine bremste ab, geriet ins Schlittern, fing sich und kam neben ihr zu stehen. Die Warnleuchten blinkten, und dann öffnete sich die Tür, und vielleicht noch nie in ihrem Leben hatte Annelene Borsig so voller Erleichterung eine bekannte Stimme vernommen wie in diesem Moment: «Wat soll'nn dit füa'n Wintersport sein, ha'ick ja noch nie jesehn! Uff jeden Fall paralympisch, stümmt's oda ha'ick rescht?» Und Dr. Bunke lachte, dass alle Höllenhunde im Umkreis von dreizehn Kilometern zu heulen begannen.

IV.

Vier Stunden später saß Annelene Borsig an der Bar, vor sich den zweiten Martini. «Gebrochen ist nichts», sagte sie, seltsam zufrieden, ja erfüllt von nahezu spiritueller Friedfertigkeit, «nur geprellt und gestaucht.»

«Na, da ham wa ja Schwein jehabt», sprach Dr. Bunke von rechts, und die Resonanz seines Basses vibrierte in ihrem Kreuz. «Aberr wirrklich», sagte Lucian von links, und das Siebenbürgen-R massierte ihr Sonnengeflecht. Zu ihrer eigenen Verwunderung kicherte sie wie ein Schulmädchen, und das mehr oder weniger ständig.

Zwei Dutzend Ärzte logierten im Spreewald-Resort, und einen besonders freundlichen hatte die Hotelleitung gebeten, sich Annelene einmal anzusehen. Er hatte Schulter, Ellbogen und Hüfte gesalbt und mit Eisbeuteln versorgt und des Weiteren «zwei, drei steife Drinks» verordnet. Nun hockte sie in einem der Sesselchen, flankiert von ihren Kavalieren.

Hinreißend strömte der Abend, mündete in die Nacht und verhalf Annelene zum wundervollsten Daseinsrausch, dessen sie sich zu entsinnen vermochte. Ihr quälendes nächtliches Grübeln über Lucians Mitwissertum hatte sich vollständig in Wohlgefallen aufgelöst, und Dr. Bunkes Humor fand sie inzwischen charmant, auf absurde Art, doch charmant. Selbst als er sie mit einem «feuschten Fuzzi» überraschte, kreischte sie in lustvollem Entsetzen auf, und gleichzeitig registrierte sie ein wenig geniert, wie gleichgültig ihr die Reaktionen der übrigen Bargäste waren. Sie lud die beiden Herren mehrfach zu einem Louis XIII. ein, der Preis von hundertzwanzig Euro pro Glas löste nur Amüsement in ihr aus. Als irgendwo aus einer Nische das *Pririr-pririr* eines Heimchens drang, fand sie es idyllisch und begrüßte es wie ein sentimentales altes Lied im Radio, und Lucian nahm das zum Anlass, aus seinem Forscheralltag in puncto Insekten und Parasiten zu berichten. «Sie glauben ja garr nicht, werrte Annelene, was es da für Horrorrgeschichten gibt!»

Er erzählte von *Dinocampus coccinellae*, der drei Millimeter großen «Brackwespe», die Marienkäfern in den Bauch sticht und darin ein Ei ablegt, woraus eine winzige Larve schlüpft, die sich von der Körperflüssigkeit des Käfers ernährt. Willenlos geht der Marienkäfer weiterhin auf Blattlausjagd – und ernährt damit wiederum die Brackwespe, bis die sich durch einen Spalt in seinem Chitinpanzerchen ins Freie zwängt und sich in einen selbstgesponnenen Seidenkokon hüllt. «Doch damit nicht genug», fuhr Lucian fort; denn um nicht anderen Raubinsekten zum Opfer zu fallen, bringe die Wespe den Käfer dazu, sie gegen solche Räuber zu verteidigen, indem er mit den Beinen um sich trete! «Die

Wespe verrurrteilt den Käferr, zum Leibwächterr seines Parrasiten zu werrden!»

Annelene gruselte sich. Aber – untrüglich lustvoll. Ihr ganzer wohldurchbluteter Leib, er kribbelte; sie wunderte sich darüber, vergaß aber gleich wieder, dass sie sich gewundert hatte. Lucian lächelte. «Noch spektakulärrerr: *Myrmeconema neotropicum*. Ein Fadenwurrm. Err dringt in das Nerrvensystem von *Cephalotes atratus* ein, einer südamerrikanischen Ameise, und färrbt derren Hinterrleib knallrot. Dann befiehlt err ihrr, nach roten Beeren zu suchen. Dort reckt sie ihren Hinterrn in die Höhe und warrtet, dass ein Vogel sie aufpickt. So dass derr Fadenwurrm sich schließlich in den Vogel einnisten kann, um dorrt Eierr zu legen und überr dessen Kot zu verrbreiten.»

O ja, Lucian lächelte, doch je grotesker und grausamer seine Beispiele, desto sicherer erkannte Annelene den diabolischen Humor dahinter. Sie kicherte und kicherte, bis sie ein Schluckauf ereilte wie eine Dreizehnjährige. «Oderr *Pomphorhynchus laevis*. Die Wurrmlarve manipuliert Flusskrrebse, damit sie den Flussbarrschen frreiwillig ins Maul schwimmen ... Oder Baculovirren. Sie drringen in Rraupen ein und deaktivierren perr Enzym derren Fressbremse, und wenn sie vollgefrressen sind, trreiben die Virren sie bis in die Baumwipfel hinauf, wo sie endlich berrsten, sodass der virrenverseuchte Platzrregen neue Opferr infizierrt ...»

«Meine Güte, Lucian!» Annelenes Wangen glühten. «Und ... können auch Menschen befallen werden?»

«Ich sage nurr», sagte Lucian, «*Toxoplasma gondii*. Schläferr in den Gehirrnen von drreißig bis fünfzig Prozent allerr Menschen. Eigentlich befällt derr Parrasit Rratten und Mäuse. Danach werrden die Nagerr von Katzenurrin gerradezu magisch angezogen ...»

«Und wenn der Toxodings im *Menschen* aktiv wird ...?»

«Da steckt die Forrschung noch mittendrrin. Immerrhin scheint sich zu bestätigen, dass infizierrte Männerr attraktiverr auf Frauen wirrken als nichtinfizierrte ...»

Harte Trinker beschleicht ja oft auf dem herrlichsten Höhepunkt des Rausches die Ahnung, wie bitter sie dafür werden bezahlen müssen – doch bleibt diese Ahnung stets blass und wirkungslos. Ganz ähnlich jene plötzlich sich aufblähenden Bewusstseinsblasen, in denen Annelene sich – mitten in einem besonders glückseligen Moment – kurz befangen findet: *Hier läuft etwas ganz grauenvoll schief.*

Doch platzen diese Blasen, sobald die Herren an ihrer Seite eine neuerliche Charme- oder Esprit-Attacke reiten, und so wird sie mitgerissen von ihrem eigenen Rausch wie von einem wilden Gebirgsbach im Prošćenje-Gebirge. Irgendwann kehrt sich das Verhältnis um, *diese* Blasen hören ganz auf, und fortan nimmt Annelene in Form von Blasen wahr, was *überhaupt* geschieht. Was mit ihr geschieht. Das grausame Lächeln Lucians. *Pririr-pririr.* Das krachende Gelächter Bunkes. *Pririr-pririr.* Schon wieder sein abgelutschter Finger in ihrem Ohr. Ihr eigenes kirres Kichern. Die Cognac-Schwenker. *Pririr-pririr, pririr-pririr, pririr-pririr.* Der Tausend-Euro-Schein, den sie dem Barmann reicht. Der leichte, doch bestimmte Griff der Herren links und rechts an ihren Oberarmen, die Fahrt mit dem Fahrstuhl *pririr-pririr, pririr-pririr,* Lächeln und Gelächter und ihr eigenes, willfähriges Kichern, die Tür ihrer Suite, dann lange, lange Dunkelheit, rauschhafte Dunkelheit, und dann ihr vollkommen teilnahmsloses Gesicht im Spiegel, ihr eigenes bloßes, hochgerecktes Gesäß darüber wie ein Mond, dahinter Dr. Bunke, links neben ihr «Lucian» – nun endlich Günters Gesicht mitsamt dem dünnen Lächeln des Besserwissers offenbarend –, bekleidet auf dem Bettrand sitzend, zynisch ihre Hand haltend; und die ganze Suite, von hier, vom Bett aus bis an die verhängten Fenster dort hinten, wimmelt, wie sie im Spiegel erkennt, nur so von Heimchen und Grillen; in biblischen Mengen besetzen sie übereinander krabbelnd und krauchend den samtigen Teppich, die Deckel der Truhen, die Ledersessel, den Sekretär und den Rattankubus und die riesige Couch, deren helle Polster dunkel vor Geziefer sind, ja selbst die strohmattengedeckte Decke, von der hin und wieder zwei, drei Exemplare herabfallen – auch ins Bett, auf ihren nackten Rücken, in ihr Haar –, und das ohrenbetäubende Schnarren und Rasseln im Raume wabert im Rhythmus des schwitzenden Dr. Bunke. Wie gelb seine Zähne im Spiegel sind.

Dann Schwärze.

Dann die nächste Blase. Sie allein auf dem Bett. In ihrer Kehle eine Borste, doch das Würgen im Hals bleibt trocken. In ihrem Nabel ein Einstich, und als sie draufdrückt, dringt eine Art Hagelschnur heraus. Gleichgültig, tödlich gleichgültig tunkt sie die Fingerspitze hinein.

Die nächste Blase. Sie im Wintergarten vor dem Samowar. Nackt. Keinerlei Empfindung außer universeller Gleichgültigkeit. Alle starren sie an. Aus dem Augenwinkel sieht sie, wie eine junge Frau ihrem Kind die Augen zuhält.

Die letzte Blase. Die Hausdame spricht sie an, aber sie versteht sie nicht. *Bin ich wach ...? Ich bin doch wach. Sicher bin ich wach ... oder?* Und plötzlich, im selben Moment, da die Willenlosigkeit zu weichen beginnt, wird ihr klar: O ja, sie *ist* wach. Sie *ist* im Wintergarten. *Nackt.* Und nun will sie sich entschuldigen für ihren Aufzug; je mehr ihre Willfährigkeit einer überwältigenden Empfindung von Peinlichkeit weicht, will sie sich erklären – doch als sie ihre Lippen bewegt, dringt nichts hervor als ein *Pririr-pririr*, in so brillantem Ton, aus so fein gesalbter, geölter Kehle, mit so zartem Hall, dass sie selbst nicht entscheiden mag, ob ihre Tränen namenlosem Entsetzen geschuldet sind – oder der grenzenlosen Erleichterung, zurückgekehrt zu sein in den Schoß eines weltweiten, altehrwürdigen Ordens von Schwestern, dienend, wissend, seiend.

DIRK STERMANN

**DIE SECHSTE
KRANKHEIT**

Sie sah aus wie der Tod und tunkte Pommes in Ketchup. Ein Soßenrest klebte in ihrem Mundwinkel. Spröde Lippen, ein wächsernes Gesicht. Ihre strähnigen langen Haare schienen am Kopf angeklebt zu sein. Hinter ihr starrte mich ein serbischer Heerführer an, links und rechts von dem Bild hingen Wandteppiche. Neben uns aß eine Großfamilie ein riesiges Hunnenschwert. Aufgespießte Fleischberge, grobe Visagen, selbst die Kinder hatten das Gschau serbischer Kriegsverbrecher und die stämmigen Körper von Käfigkämpfern. Eine Zigeunerband spielte Balkanmusik, es war 3 Uhr früh. Die Kinder waren im Volksschulalter. Ich fragte mich, wie sie in fünf Stunden dem Unterricht würden folgen können.

Das «Beograd» war in der Nähe des Funkhauses und hatte die ganze Nacht geöffnet. Angelika hatte vorgeschlagen, dass wir uns hier nach der Sendung treffen. Ihr hatte ich Martinas Brief gezeigt. Sie war genauso geschockt und berührt gewesen wie ich. «Ich bin nur zwei Jahre älter als du und möchte noch nicht sterben», hatte Martina mir geschrieben. Und: «Ich würde dich gerne einmal treffen.»

«Tamo daleko», sang der Zigeuner, ein altes Kriegslied. «Tamo daleko, gde cveta limun žut, Tamo je srpskoj vojsci jedini bio put.» Dort, weit weg, wo die Lilien blühen, dort gaben Vater und Sohn gemeinsam ihr Leben. Die serbische Großfamilie sang lautstark mit. Martina starrte auf ihren Teller, als wollte sie sich *Teller* einprägen für die Ewigkeit, die vor ihr lag. Sie trug ein zerknittertes T-Shirt, in ihrer Armbeuge war ein grünblauer Fleck. Einstichlöcher. Ein Junkiearm.

«Ist es zu laut hier», fragte ich sie.

Sie lächelte und schüttelte fast unmerklich den Kopf. Sie nahm einen Schluck Wasser. Ihre Lippen blieben trocken, als würden sie jeden Augenblick von ihr abbröckeln.

«Ich hab mich sehr gefreut, dass ihr wirklich gekommen seid», sagte sie.

«Klar», sagte ich und wusste, dass es mir überhaupt nicht klar war. Mir hatte der Brief Angst gemacht. Vor zwei Wochen hatte sie bei *Talk-Radio* angerufen, es war ein großartiges Gespräch über Angst und Hoffnung. Sie hatte dazu aufgerufen, sich als potenzieller Spender bei der Knochenmarkzentrale zu melden. Es seien viel zu wenige registriert. Für sie selbst gebe es keine Hoffnung mehr, aber so viele Kranke warteten verzweifelt auf Hilfe. Der Aufwand sei gering. Man müsse sich nur Blut abnehmen lassen, falls es ein «Match» sei, werde Knochenmark entnommen und dem Leukämiepatienten verpflanzt. Durch die Scheibe sah ich in den Regieraum. Meine Regisseurin Angelika, die Telefonistin und der Techniker saßen reglos da und hörten ihr zu. Die Nacht schien noch stiller geworden zu sein.

Einige Tage später informierte uns die Knochenmarkzentrale, nach der Sendung hätten sich so viele Menschen bei ihnen gemeldet, dass sie organisatorisch komplett überfordert seien.

Dann kam der Brief. «Lieber Dirk, ich bin nur zwei Jahre älter als du und möchte noch nicht sterben. Ich würde dir gerne von Angesicht zu Angesicht mein Leben erzählen. Das wünsche ich mir, so kurz, bevor ich mir gar nichts mehr wünschen kann.»

Ich war gerade dreißig geworden. Sie war also 32. 32 und todgewhyt.

«Wie lange hast du noch zu leben?», fragte Angelika. Was für eine Frage. Ich war zu dem Zeitpunkt noch nie auf einer Beerdigung gewesen, hatte noch nie einen Toten gesehen, noch nie an einem Sterbebett gesessen. Wie lange hast du noch zu leben, das war ein Satz aus Filmen, und das hier war kein Film.

«Ein paar Wochen, ein paar Monate», antwortete Martina. Ich nickte, als könnte ich diesen Satz begreifen. Sie sprach von weißen und roten Blutkörperchen, von Zahlen und Statistiken. Während sie sprach, dachte ich an eine Geschichte, die ich kurz zuvor fürs Radio geschrieben hatte. In der Geschichte ging es um geile Blutkörperchen, die Sex hatten. Den Rhesusfuck. Und jetzt saß ich ihr gegenüber. Einem ausgemergelten Körper mit viel zu viel weißem Blut.

Ich stellte mir ihre Organe vor, die, während wir sprachen, zerstört wurden.

Ihre Blutbahnen, die Achterbahnen in den Untergang waren. Die Schlachten, die in ihr tobten, während ich aus meinem Weinglas trank.

«Aber gibt es nicht doch noch irgendwie die Chance auf eine Knochenmarkspende?», fragte Angelika.

Martina schüttelte den Kopf und wischte sich das Ketchup aus dem Mundwinkel.

«Eigentlich bin ich Stewardess», sagte sie leise; ich verstand sie kaum neben den schmetternden Serben. «Bei Lauda Air. Bevor ich krank wurde. Als Stewardess bekomm ich manchmal Freiflüge. Ich habe meinen Eltern einen Flug nach Thailand geschenkt. Das war die Maschine, die abgestürzt ist. 1991. Meine Eltern hätten mich retten können, aber ich habe sie in den Tod geschickt.»

Weit weg, dort wo die Lilien blühen.

Ich hatte sofort Niki Lauda vor Augen. Wie er ernst durch die Trümmer im Urwald schritt, die rote Kappe auf dem verbrannten Kopf, zwischen den qualmenden Überresten von Flug 004. Wie er roboterhaft über technische Details sprach, während 223 Tote um ihn herumlagen. Das Wort *Schubumkehr* hatte ich da zum ersten Mal gehört.

«Oh mein Gott», sagte Angelika, als wäre Martina nicht der noch lebende Beweis für dessen Nichtexistenz.

«Das tut mir leid», sagte ich und meinte alles.

Sie lächelte, als wollte sie mir zu verstehen geben, dass meine hilflose Floskel wie ein feuchter Waschlappen war, mit dem man einen Buschbrand löschen will. Oder ein brennendes Flugzeug.

«Ich habe auch einen Bruder», sagte sie.

«Müsste dessen Knochenmark nicht auch passen?», fragte Angelika hoffnungsvoll.

«Er hat sich umgebracht. Er war überfordert. Er hätte spenden können, aber die Verantwortung hat ihn überfordert. Es war eine furchtbare Zeit nach dem Tod meiner Eltern. Er hing sehr an Mama und Papa. Und wir beide hatten auch ein ganz enges Verhältnis. Als ich krank wurde, brach für ihn eine Welt zusammen. Es gab schon einen Termin für die Transplantation, aber dann fand ich ihn in seiner Wohnung. Er hat sich erhängt. Er war meine letzte Chance. Mein kleiner Bruder.»

Sie begann zu weinen, Angelika nahm sie in den Arm und sprach leise zu ihr. Ich verstand nichts. Hörte die Serben singen. Dachte *Unglück*. Rutschte auf meinem

Stuhl, als könnte ich mich so von dem Wahnsinn entfernen, den Martina schilderte. In dem sie lebte. In dem sie starb.

Ich blickte auf die Uhr, die für sie schneller ging. Es war halb vier in der Früh.

«Ich muss gehen», sagte ich. «Ich hab eine kleine Tochter und muss mit ihr in drei Stunden aufstehen. Aber ich weiß nicht, wie ich mich von dir verabschieden kann.»

«Sag einfach: Bis bald», antwortete Martina.

Am nächsten Sonntag stand sie im Foyer des Funkhauses. Kreidebleich. Sie sah noch schlechter aus, als ich sie in Erinnerung hatte. In ihrer Armbeuge steckte eine Kanüle unter einem Verband.

«Du kommst uns besuchen?», fragte ich überrascht.

«Ich mache jetzt Telefondienst bei euch. Angelika hat mich gefragt, ob ich dazu Lust hätte. Und ja, das klingt interessant.»

«Aha, prima», sagte ich und fühlte mich von Angelika überrumpelt. Mit mir hatte niemand gesprochen. Ich wusste, dass Angelika sie noch einmal getroffen und mit ihr gemeinsam das Grab der abgestürzten Eltern besucht hatte. Aber dass sie jetzt offenbar eine Mitarbeiterin von *Talk Radio* war, hätte man mit mir abklären müssen. Immerhin war ich der Moderator der Sendung. Von Mitternacht bis zwei Uhr morgens war es meine Aufgabe, amüsante Gespräche zu führen. Wie sollte ich das tun, wenn mir auf der anderen Seite des Studiofensters eine sterbende Frau gegenübersaß?

Mit schweren Schritten gingen wir die Treppen in den zweiten Stock hinauf.

«Warte kurz», sagte sie im ersten Stock. «Ich muss mich mal ausruhen.»

«Klar», sagte ich. «Soll ich dich stützen?»

«Nein, es geht schon. Ich brauch nur ein paar Minuten.»

«Ja, sicher. Es ist nur, die Sendung beginnt gleich.»

Sie nickte. «Verstehe. Es geht gleich wieder.»

So standen wir im menschenleeren nächtlichen Treppenhaus. Ich stellte mir vor, sie würde hier, in meinen Armen, sterben.

Vor einigen Jahren war ein Kollege während einer Jazzsendung in der Nacht an einem Herzinfarkt gestorben. Die Sendung wurde von zwei Moderatoren präsentiert. Der eine fiel während einer Moderation vom Stuhl, und der andere moderierte so lange weiter, bis eine Platte startete. Erst dann rief er den Notarzt. Gnadenloser, missverstandener Professionalismus. Daran dachte ich, während sie, ein weißes Gespenst, neben mir nach Luft schnappte. Ich hörte bereits die Nachrichten um Mitternacht über die Lautsprecher am Gang. «Und nun die Wetteraussichten für heute, Montag, den 14. Mai 1996.»

«Wir kommen gleich», brüllte ich Richtung Studio.

Bei jeder Sendung saß sie nun am Telefon. Wenn ich das Funkhaus betrat, erwartete sie mich schon beim Empfang und begrüßte mich mit einem Kuss auf beide Wangen. Ihre Lippen waren immer noch spröde, sie roch nach Jod und Metall. Mit gedämpfter Stimme berichtete sie mir, was Angelika während der Woche mit ihr unternommen hatte.

«Ich will ihr die letzten Tage ihres Lebens bereichern», hatte Angelika mir erklärt. «Sie hat ja niemanden, nur uns und die Ärzte.» Und so ging sie mit Martina ins Theater und zu Kabarettveranstaltungen, organisierte Bootsausflüge und kochte für sie.

«Du hast sie adoptiert», sagte ich.

«Ich will, dass sie ein erfülltes Leben hat, bevor alles für sie vorbei ist», sagte Angelika, die Florence Nightingale des Radios. «Ich hab das Gefühl, ihre Werte werden besser, wenn ich mich um sie kümmere. Als wären ihre Thrombozyten auch gespannt, was als Nächstes kommt.»

«Echt? Du glaubst, Thrombozyten mögen Kabarett?»

«Keine Ahnung, aber sie sagt, dass es ihr bessergeht, wenn wir uns sehen.»

Wer bei *Talk Radio* anrief, musste zuerst mit Martina sprechen. Sie entschied dann gemeinsam mit Angelika, wer zu mir in die Sendung geschaltet wurde. Gespräche über Haustiere, Socken, kaputte Beziehungen,

Astrologie, Radtouren, Obst, Zahnschmerzen, defekte Trockenhauben, Migranten. Und nach den Sendungen Gespräche mit Martina über ihr Blutbild.

So vergingen die Wochen und Monate. Die Sendung und Angelika schienen Martina am Leben zu halten. Manchmal luden die beiden mich zu ihren Aktivitäten ein, aber ich fand meist Ausreden. Ich wollte nicht auch noch abseits der Sendung so intensiv in ihr Leben eintauchen. Wann immer ich Martina sah, reduzierte sich meine Lebenslust. Als saugte sie mir Energie ab. Die Chronik eines angekündigten Todes. Wenn sie lächelte, ihr letztes Lächeln. Wenn sie seufzte, ihr letzter Seufzer.

«Es geht mir nicht so gut» war der Satz, den sie vor sich hertrug; ob sie ihn aussprach oder nicht. Die Präsenz ihrer Krankheit war erdrückend.

«Wenn du mal einen Babysitter brauchst, mach ich das gerne», sagte sie eines Tages unvermittelt. «Ich mag Kinder.»

«Danke für das Angebot», log ich. «Gut zu wissen.» Die Vorstellung, dass sie mit dem Kind alleine in meiner Wohnung war, machte mir Angst, und ich hasste mich für dieses Gefühl. Sie war ja kein Monster, sondern eine junge Frau, deren Schicksal zu Tränen rührte. Aber ich brauchte Distanz. Anders als Angelika, die jetzt mit Martina sogar mehrtägige Reisen unternahm. Budapest, Berlin, Mailand.

«Ist das nicht zu anstrengend?», fragte ich.

«Sie hat ihre Medikamente und Kanülen dabei, wir machen viele Pausen.»

«Nicht für sie», sagte ich. «Für dich.»

Angelika sah mich an, als hätte man mir mein Empathiezentrum herausoperiert.

«Nein», antwortete sie.

Ich sah, dass im Regieraum Aufregung herrschte. Über die Gegensprechanlage erklärte mir Angelika, am Telefon sei ein Hörer, der suizidal wirke. Sie würden die Platte früher abbrechen und ihn sofort in die Sendung schalten.

Der Hörer sprach stockend, atmete schwer, machte lange Pausen. Wollte nicht mehr, kündigte an, Tabletten zu nehmen. Es war diffus. Er hatte angerufen, um zu sprechen, sprach aber kaum. Dann legte er auf. Ich bat ihn, noch einmal anzurufen, sich noch einmal zu melden. Gab ihm eine Nummer durch, die nicht offiziell war. Wo er anrufen könne, abseits der Sendung.

Angelika hatte währenddessen die Polizei informiert. Es gab immer die Möglichkeit einer Fangschaltung, für genau solche Fälle. Es war eine Nummer aus Wien. Angelika hielt mich während der restlichen Sendung auf dem Laufenden. Ein junger Mann, Mitte zwanzig. Die Polizei und der Psychosoziale Dienst waren ausgerückt. Er lebte, aber man hatte tatsächlich eine große Menge an Tabletten gefunden.

«Wir haben ihn angerufen und mit ihm ausgemacht, nach der Sendung zu ihm zu fahren», sagte Angelika.

«Wir? Sollen wir das nicht lieber den Fachleuten überlassen?»

«Er möchte das gern», sagte Martina. «Wir haben es ihm versprochen.»

Bis 5 Uhr in der Früh saßen wir in dem tristen Apartment auf abgenutzten Ikeamöbeln. Zwei Mitarbeiter vom Psychosozialen Dienst, Angelika, Martina und ich. Der junge Mann hockte still da. Martina erzählte ihm von ihrer Geschichte. Die Eltern in Thailand, der Bruder, der sich umgebracht hatte und, neu für mich, von ihrem Mann, der auf dem Weg ins Krankenhaus zu ihr tödlich verunglückt war.

«Ich will leben und muss sterben. Du darfst leben. Weißt du, wie großartig das ist? Leben dürfen?»

Sogar die zwei Psychologen schienen schockiert von ihrer Ansprache, und der junge Mann wirkte nun zusätzlich zu seiner Lebensmüdigkeit auch noch schuldbewusst. Ich verließ das Apartment. Angelika und Martina blieben dort.

«Du wusstest das mit ihrem Mann?», fragte ich Angelika.

«Natürlich», antwortete sie. «Das ist vielleicht eine faszinierende Wende.»

Ich blickte verständnislos.

«Sie hat Samen von ihm. Sie lässt sich künstlich befruchten. Die Wahrscheinlichkeit, dass ihr eigenes Kind als Knochenmarkspender in Frage kommt, ist sehr groß. Es gibt Hoffnung!»

«Hoffnung?»

«Dass sie es doch noch schafft!»

Ein paar Monate später sah man schon was. Eine kleine Wölbung unter ihrem T-Shirt. Die Befruchtung war erfolgreich verlaufen. Trotz der Medikamente, die Martina weiterhin nehmen musste, hatte es funktioniert. Das ungeborene Kind wuchs in ihrem verwüsteten Körper. Neben den aktuellen Blutwerten wurden wir jetzt auch mit Informationen über das Baby versorgt.

«Es ist klein, aber sonst ist alles in Ordnung», sagte Martina. «Die Ärzte sind zufrieden mit der Kleinen. Mit mir nicht so. Gut möglich, dass ich bei der Entbindung verblute. Weil meine Gerinnung so niedrig ist. Darum rät mein Frauenarzt dringend ab. Aber das ist meine einzige Chance. Wenn ich es nicht versuche, sterbe ich auch.»

Angelika ging mit Martina zum Jugendamt. Sie unterschrieb, dass sie, falls Martina wirklich bei der Geburt sterben sollte, das Kind adoptieren würde.

«Das ist das Mindeste, was ich tun kann», sagte Angelika.

Da Martinas Zustand immer kritischer wurde, sollte

die Geburt früher als geplant eingeleitet werden. Sechs Wochen vor dem eigentlichen Termin.

Martina trug einen verwaschenen blassrosa Bademantel über dem Krankenhausnachthemd. Angelika und ich saßen ihr gegenüber im Besucherraum des Hanusch-Krankenhauses. Wir hielten beide ihre Hände.

«Ich bin so froh, dass ihr da seid», flüsterte Martina. Ihre kaum wahrnehmbare Stimme zitterte.

Angelika nickte und nahm sie in den Arm. Sie streichelte ihre strähnigen Haare. Beide begannen zu weinen.

Martina sah auf die Krankenhausuhr.

«Ich muss zum Professor», sagte sie und verließ das karg eingerichtete Zimmer.

«Wie stehen ihre Chancen?», fragte ich.

Angelika schüttelte den Kopf.

«Nicht sehr gut», sagte sie.

Nach wenigen Minuten kam Martina wieder. «Es geht los. Sie haben gestritten, aber am Ende entschieden, dass wir es machen.»

Wir begleiteten sie zum Aufzug.

«Vielleicht sehen wir uns jetzt zum letzten Mal», sagte sie. «Ich danke euch für alles, für die ganze Zeit, die ihr …»

Sie brach zusammen. Wir knieten uns zu ihr auf den Boden, nahmen sie gemeinsam in den Arm, weinten gemeinsam.

Dann halfen wir ihr hoch. Sie drückte auf den Aufzugknopf. Die Anzeige war wie der Countdown einer Hinrichtung. 5, 4, 3, 2, 1, E. Die Türe öffnete sich. Sie stieg ein, blickte uns an. Ein gequältes letztes Lächeln. Die Türe schloss sich.

«Wie lange wird es dauern?», fragte ich Angelika.

Sie wischte sich Tränen aus dem Auge. «Ich weiß es nicht. Es wird ein Kaiserschnitt. Ihr Körper schafft es nicht auf natürlichem Weg.»

«Was für ein Wahnsinn», sagte ich erschöpft.

«Es war die intensivste Zeit meines Lebens, diese Zeit mit ihr», sagte Angelika. «Mein Freund hat mich verlassen, weil ich so viel Zeit mit ihr verbracht habe. Viel mehr als mit ihm.»

Wir sahen auf die Uhr. Stellten uns vor, was jetzt fünf Stockwerke höher geschah.

Ich dachte an ihren Brief. «Ich bin nur zwei Jahre älter als du und möchte noch nicht sterben.»

Wie lang war das jetzt schon her? Eineinhalb Jahre? Ich hatte das Gefühl, seit 18 Monaten nicht mehr wirklich unbekümmert gewesen zu sein. Als hätte sich ein Schatten über unser Leben gelegt.

Plötzlich öffnete sich die Glastür, und Martina stand vor uns. Mit roten, verquollenen Augen. «Sie haben es abgebrochen. Sie können die Verantwortung nicht übernehmen, dass ich während der Operation sterbe!»

Die nächsten beiden Wochen erschien sie nicht zur Sendung. Ich war erleichtert und fühlte mich gleichzeitig schuldig. Es war, als hätte man im Studio die Fenster geöffnet. Die Sendung war wieder nur harmloses Geplaudere, meine Lebenslust stieg.

Dann stand sie wieder beim Empfang. Bleich und verloren wie immer.

«Hallo, schön dich zu sehen», murmelte ich und hoffte, dass man mir meine Enttäuschung nicht anmerkte.

«Das Kind ist gestorben. In mir liegt mein totes Kind», sagte sie, und jedes Licht am Horizont erlosch.

Wochen vergingen. Sie kam wieder regelmäßig ins Funkhaus und nahm die Anrufe entgegen. Ich spürte, dass auch Angelika nun ganz erschöpft war. Mit dem Baby war die Hoffnung gestorben. Martina sagte, man könne das tote Kind nicht herausholen, weil die Operation zu gefährlich sei. Sie saß am Telefon, sterbend, mit einem toten Körper in ihrem Körper.

«Könntest du mit ihr vielleicht einmal etwas unternehmen?», fragte Angelika. «Ich versuche gerade, die Beziehung zu meinem Freund wieder zu kitten.»

«Ich bin die nächsten beiden Tage auf Tour», sagte ich.

«Und was machst du mit deiner Tochter?»

«Ich weiß noch nicht. Die Tagesmutter ist ausgefallen, und die Kleine ist krank. Sie hat dieses Drei-Tage-Fieber. Die sechste Krankheit.»

«Martina könnte doch auf deine Tochter aufpassen. Sie kann wirklich gut mit Kindern umgehen.»

«Ich versuche erst mal alle anderen Möglichkeiten», sagte ich. Aber niemand hatte Zeit. Also rief ich Martina an. Sie erklärte sich sofort bereit. Sie kam mit einer kleinen Tasche zu mir in die Wohnung. Meine Tochter begann zu weinen, als Martina sich zu ihr auf die Spieldecke setzte. Aber schon bald spielten sie zusammen, meine Tochter schien die fremde Frau zu akzeptieren.

Ich hatte im Gästezimmer ein Bett für Martina hergerichtet und verließ die Wohnung. Eine Notlösung, aber die einzige. Ich fuhr nach Graz, am nächsten Tag nach Klagenfurt.

Im Hotel läutete mein Telefon. Angelika war am Apparat.

«Es geht um Martina», sagte sie. «Es gibt eine gute und eine schlechte Nachricht. Welche möchtest du zuerst hören?»

«Die gute», sagte ich. Schlechte Nachrichten hatte ich in der letzten Zeit zu oft gehört.

«Gut», sagte Angelika. «Sie ist geheilt. Martina ist gesund.»

Ich verstand nichts.

«Keine Leukämie mehr. Und jetzt kommt die schlechte Nachricht. Sie hatte nie welche. Sie war auch keine Stewardess, ihre Eltern leben, es gibt keinen Bruder und keinen Mann. Nichts. Sie hat uns angelogen. Die ganze Zeit. Sie ist ein Psycho!»

Und sie erzählte mir, wie ihr Freund recherchiert hatte, weil ihm die Geschichte mit dem toten Kind merkwürdig vorkam. Das Leichengift hätte sie längst umgebracht. Man kann nicht mit einem toten Embryo im Körper leben. Deshalb begann er die ganze Geschichte aufzurollen. Er rief bei Lauda Air an und fand heraus, dass sie dort nie gearbeitet hatte. Der vermeintliche Grabstein ihrer Eltern war irgendein Grabstein von wildfremden Menschen. Schließlich fand er Martinas echte Eltern, und die erzählten ihm, sie sei in stationärer Behandlung gewesen, habe aber die Behandlung auf eigenen Wunsch abgebrochen. Nichts war wahr. Im Hanusch-Krankenhaus wusste man nichts von ihr, es gab keinen «Fall Martina».

Ich saß in Klagenfurt erstarrt am Hörer. Ich legte auf und wählte meine eigene Nummer in Wien. Ich ließ es ewig läuten. Niemand hob ab.

THOMAS GSELLA

NEUE KÖPFE
FÜR MAMA UND PAPA

Hurra, heute ist mein zwölfter Geburtstag! Seit acht Jahren bin ich jetzt hier, und es gefällt mir ganz gut, denn man hat seine Ruhe. Nur der Psycho-Blödmann ist nervig mit seiner ewigen Fragerei. Dabei weiß ich gar nichts von meinen ersten drei Jahren, erst als ich vier war, machte ich meine Eltern tot. Natürlich nur im Spiel.

Damals steckte ich immer noch in der Trotzphase; ich überredete sie mit stundenlangem Strampeln und Schreien dazu, sich mit dem Bauch auf zwei Skateboards zu legen und ihre Köpfe in den Backofen zu stecken. Sie konnten ja nicht ahnen, dass ich tüchtig vorgeheizt hatte. Gleich wurden sie krank und ohnmächtig und mussten mit Tatütata ins Krankenhaus. Natürlich nur im Spiel.

Ich war der Krankenwagen und schob sie auf den Skateboards in mein Spielzimmer. Die Höhle unterm Hochbett war die Intensivstation. Natürlich nur im Spiel.

Ich hatte die Höhle schon Tage vorher mit Kissen und Decken ausgelegt und mir auch allerlei Heilsalben ausgedacht, Zahnpasta, Knete, in Wasser gelöstes Klopapier und so weiter. Das tat ich alles drauf, aber Mama und Papa vorher von den Skateboards zu kippen war ganz schön anstrengend. Dann krabbelte ich in mein Kuschelhochbett. In der Nacht erwachte Papa und schrie aua, dass ich Angst hatte, er weckt gleich Mama auf. Schnell kriegte er eine Betäubungsspritze in den Oberschenkel. Natürlich nur im Spiel.

In echt nahm ich ein Mikadostäbchen, und Papa schlief sofort wieder ein. Am frühen Morgen kam der Onkel Doktor, untersuchte die Patienten und schüttelte traurig den Kopf. Dafür hatte ich mein hölzernes Sandmännchen extra in ein weißes Handtuch gewickelt.

Die Beerdigung war supertraurig. Alle meine Verwandten und Freunde waren gekommen, Fritzi der Eisbär, der Dino Knuffi, Sandmännchen, die Katze Elisabeth, Frosch, Tiger, Pu der Bär, Ferkel, Eule, Klein Ruh, Eisbär II und Pferd. Alle kamen mit dem Taxi von weit her, aus Indien, Borbeck, Amerika, Australien und Wanne-Eickel, wir sind eine große Sippschaft aus allen Teilen der Erde, und es war ein kühler, regennasser Herbsttag. Alle hatten ihre Schirme aufgespannt und äußerten ihr Beileid. Natürlich nur im Spiel.

Die Beerdigungsgesellschaft hatte ich schon Tage vorher mit Klebe am Hochbettbalken aufgehängt und ausgerechnet meinen besten Freund Tiger beinahe vergessen, aber der schrie dann plötzlich aus dem Kuscheltierkorb: «Hallo, ich will a-auch!» Als ich ihm sagte, zur Trauermahlzeit sind außer meinem aber nur dreizehn Plätze reserviert, schlug er vor, den Dino rauszuschmeißen. Das war eine gute Idee, weil Knuffi eh ein Arm fehlte.

Der Pastor war ein gelber Legostein mit aufgeklebten Staubfusseln, der hatte eine lange Rede vorbereitet. Natürlich nur im Spiel.

In meinen Kinderkassettenrecorder konnte man reinsprechen, Mama hatte gesagt, wenn man gleichzeitig den roten Knopf drückt, kommt ein roter Zauberer geflogen, und der zaubert, dass das, was man sagt oder singt, in den Kassettenrecorder geht. Wenn man dann den grünen Knopf drückt, kommt ein grüner Zauberer und holt es genau so wieder raus. Aber gerade als ich auf den grünen Knopf drücken und die Trauerrede «Alle meine Entchen schwimmen auf dem See, schwimmen auf dem See, Köpfchen in das Wasser, Schwänzchen in die Höh» wieder rauszaubern wollte, hörte ich Gepolter im Treppenhaus, und von draußen schrie einer: «Aufmachen, oder wir brechen die Tür auf!» Natürlich nur im Spiel.

In echt hatte ich statt der Trauerrede «Alle meine Entchen» schon vor Tagen das Gebrüll von den Polizisten aufgenommen, richtig laut und wütend sogar, aber

Angst kriegte ich wie geplant trotzdem. Ich hatte meine Eltern totgemacht, ich war vier Jahre alt und durfte nicht allein über die Straße, da war guter Rat teuer. Zum Glück hatte ich vorgesorgt. In Sekundenschnelle schlüpfte ich in mein Karnevalskostüm, ich war nun ein gefährlicher Löwe und floh auf meinem Bobby-Car nach Bremen zu Oma und Opa. Natürlich nur im Spiel.

Bremen war unterm Küchentisch, den ich schon vor Tagen mit vom Tisch runterhängenden Couchdecken und Handtüchern zum Fluchtversteck umgebaut hatte. Mein Elefant war Opa, und Oma, mein roter Eierbecher, stand auf dem Kopf und flüsterte, damit der Polizist es nicht hörte: «Schatz, du hast seit zwei Tagen nichts gegessen und musst Hunger haben. Dreh mich um, hex, hex!»

Das passte gut, ich war tatsächlich hungrig, und als ich Oma umdrehte, purzelten, hex, hex!, Rohkostgemüse, Vitaminpastillen und frischer Blattspinat darunter hervor. Natürlich nur im Spiel.

In echt waren es sieben Smarties und drei Brause. Schon vor Tagen hatte ich sie dort gelagert und stopfte sie mir gerade alle auf einmal in den Mund, da hörte ich plötzlich Stimmen aus dem Spielzimmer. Huch! Sie waren ja begraben, aber das klang wirklich wie Papas Stimme! Papa hatte eine brummige Stimme gehabt, fast so brummig wie mein Schmusebär, wenn ich ihn auf den Rücken legte, und ich hörte genau, wie Papa jetzt brummte: «Aua, aua, Hilfe, Hilfe. Mein Kopf tut ganz schön weh, aber weißt du was, Mama? Ich finde, wir hätten unserem Kind ruhig mehr Smarties als einen am Tag erlauben können, ruhig sechs oder elf, und auch mehr Brausebonbons, vielleicht sogar drei, was meinst du?»

Ich war so aufgeregt und gespannt, dass ich mit Kauen aufhörte und mir ein Faden Spucke aus dem Mund lief. Mama hatte eine hohe Stimme, wie ein Vogel, und sie piepste: «Ja klar ist ein Smarties und ein Brause zu wenig. Komm, Papa, wir beide sagen ab sofort sieben und drei am Tag. Hallo, Ki-hind!»

«Ja?», sagte ich.

«Wir haben uns überlegt, du hattest recht. Sieben und drei am Tag geht. Machst du uns jetzt wieder lebendig? Wir brauchen aber neue Köpfe, unsere sind im Herd kaputtgegangen.»

«Ich komme», sagte ich. «Und eure neuen Köpfe hab ich schon.»

«Au ja», brummte Papa.

«Au ja, ich a-auch!», piepste Mama, aber natürlich nur im Spiel.

Schon vor Tagen hatte ich das Gespräch mit Brumm- und Piepsestimmen in den Kassettenrecorder gezaubert und extra Pausen gelassen für die Stellen, wo ich dran war. Die neuen Köpfe hatte ich mir sogar schon Dienstag von Mama mitbringen lassen vom Supermarkt.

Aber plötzlich musste ich aufs Klo. Das konnte ich schon ziemlich alleine, auch das Abputzen, aber noch nicht so richtig. Als ich fertig war und nachguckte, klatschte ich in die Hände und rief «Juchhu!», denn ich hatte schon wieder genau unsere Familie gemacht, eine große Wurst, eine kleinere und eine ganz kleine, das war ich.

«Mama, Papa, kucken kommen!» –
«Mama, Papa! Kuuukeen kooommeeen!!» –
«Maaaa-maaaa! Paaaa-paaaa! Aaapuuuzäääään!!!» –
«Mir ist kaa-haalt!!» –
«Ich waaaiiin glaaaiich!» –
Niemand kam.

In der Badewanne war eine Spinne, der ich Gras zum Abendessen geben wollte, aber ich durfte ja nicht aufstehn mit dem schmutzigen Hintern. Zählen konnte ich schon lange bis zwanzig. Ich zählte die gelben Fliesen an der Wand, eins, zwei, sechs, achtzehn, tausend, neun, dann riss ich Klopapier ab und drückte es gegen meine Augen. Sofort wurde es nass. Natürlich nur im Spiel, ich wusste ja, dass Mama und Papa nicht kucken und mich abputzen konnten mit den alten Köpfen. Ich ließ die Hose einfach auf meinen Füßen liegen und watschelte wie ein nackiger Frosch in die Küche, quaak.

Um den Kühlschrank aufzukriegen, muss man ganz feste an dem silbernen Hebel reißen, aber nicht zu feste, sonst kippt die Milch um, und die Sauerei ist da. So kam es jetzt auch, aber wichtiger waren die zwei Gemüsefächer direkt vor meinem Gesicht. Dadrin lagen sie.

Wenn Mama einkaufen geht, fragt sie immer, ob sie mir eine Überraschung mitbringen soll, und schon vor Tagen hatte ich gesagt, au ja, diesmal zwei, einen kleinen Kopf Rotkohl und eine Wassermelone, weil Papa ist ein bisschen größer, und einen lila Vorschlaghammer. Lila ist meine Lieblingsfarbe, und Mama hatte gelacht, woher ich denn das hätte, so einen Hammer müssten wir doch gar nicht haben, wir seien eine Künstlerfamilie und keine Bauarbeiter und morgen müsse sie mit Frau von Heinkes sprechen. Frau von Heinkes war meine Waldorf-Kindergärtnerin, aber jetzt bin ich durcheinander.

Die Gemüsefächer. Im linken Fach der Salat, rechts die Melone, und zum Glück war Papa schon immer ein Bastler gewesen, Stichwort Laubsägearbeit. Schon vor Tagen hatte ich Papas Laubsäge in meinem Tierekorb versteckt, und als ich die dann ansetzte, sagten beide aua, aber nur im Spiel und nur einmal, dann waren die Köpfe ausgetauscht.

«Mama, Papa, eure neuen sind dra-han!»

«Danke», brummte Papa.

«Danke», piepste Mama.

«Nichts zu danken», sagte ich und krabbelte schnell in mein Hochbett. «Gute Nacht.»

«Schlaf schön», brummte Papa. «Und denk dran: Sieben und drei am Tag geht.»

«Stimmt», piepste Mama. «Sogar sieben und vier!»

«Ich hab euch lieb», sagte ich, kuschelte mich in meine Decke, legte den Frosch neben mich aufs Kissen und schlief ein. Als ich aufwachte, war es dunkel, und ich wusste nicht, ob noch oder schon wieder. Aus Angst versuchte ich weiterzuschlafen, wachte auf, schlief, wachte auf und so weiter. So ging es eine ganze Zeit, und als ich zum dritten oder zehnten Mal aufwachte, war mein Mund trocken, und mein Bauch wollte Fanta und Smarties, aber zuerst sagte ich zu Frosch: «Iiiih, hier stinkt's. Mach mal das Fenster auf.» Natürlich nur im Spiel.

Frosch konnte zwar laufen, Fenster aufmachen konnte aber nur Pferd. Aber das wollte ich nicht wecken. Ich hielt mir die Nase zu und schlief wieder ein. So war das, aber jetzt muss ich aufhören, sagt der Psychologe. Er sitzt schon seit vier Stunden auf meinem Bett und wartet, wir sind alleine an diesem Wochenende, die anderen Kinder und Pfleger sind heute alle im Zoo, nur ich durfte nicht mit. «Guten Tag», sage ich. «Jetzt können wir anfangen!»

«Na endlich», brummt er und schlägt sein Notizbuch auf. Natürlich nur im Spiel.

GEORG KLEIN

EINSTIMMUNG
AUF EIN ZUSAMMENTREFFEN MIT DEM LEIBHAFTIGEN

ERSTENS: SANITÄRRAUM

Sein Reich scheint ganz von dieser Welt. Und anders als diejenigen, die weiterhin notorisch mit einem feurigen Jenseits drohen, hat er selbst niemals etwas von einem Höllenpfuhl verlauten lassen. Hienieden spielt uns die Musik. Im irdischen Rahmen, genauer gesagt unter dem planen Beton unserer Behausungen, muss unsereins mit seinem Erscheinen rechnen.

Allerdings ist, sobald der Fall der Fälle naht, Ort nicht gleich Ort. Es gibt, was die räumlichen Umstände seiner Inkarnation angeht, Grade von Wahrscheinlichkeit. Bestimmten Gegebenheiten gilt seine Vorliebe, gewisse Gehäuse begünstigen sein Gestaltwerden. Gut hundert einschlägige Ereignisse hat unser Club mittlerweile dokumentiert, und es fügt sich stimmig ins bisherige Bild, wo der Leibhaftige mir über meine fünf Sinne zu unbestreitbarer Wirklichkeit wurde.

Der Sanitärraum, den ich gegen Mitternacht als Teilnehmer eines Geburtstagsfests aufsuchte, befand und befindet sich im Kellergeschoss eines Reihenhauses. Die beiden oberen Gelegenheiten, ein Badezimmer und eine separate Toilette, waren besetzt gewesen. Der Feiernde, ein langjähriger Kollege, fast ein Freund, aber kein im Club-Sinne Kundiger, hatte mich auf die dritte Möglichkeit hingewiesen. Er führte mich bis an die Kellertür, drückte sogar noch auf den Lichtschalter, während ich mich bereits, nichts ahnend, nichts befürchtend, Stufe für Stufe auf den nicht allzu steilen Weg nach unten machte.

Einige von uns raten, unter der Last der Erfahrung arg zaghaft geworden, pauschal dazu, unbekannte Feuchträume erst gar nicht zu betreten. In der Tat hat sich gut ein Fünftel der fraglichen Vorkommnisse im Sanitärbereich von Gaststätten, Behörden, Theatern, Hallenbädern oder anderen frei zugänglichen Gebäuden zugetragen. Wer will, mag also meiden, was sich vermeiden lässt. Ihm völlig aus dem Weg zu gehen, ist jedoch, zumindest unter zivilisierten Umständen, so gut wie unmöglich. Denn die größte statistische Teilgruppe, fast die Hälfte von uns, wurde im eigenen Badezimmer, oft genug war es ein fensterloses, allein durch einen Ventilatorschacht entlüftetes, von seiner jähen Präsenz düpiert.

Während ich die Tür der Kellertoilette zuzog, glitt mein Blick über grau marmorierte Bodenfliesen. Ein kleiner, etwa handgroßer nasser Fleck unter dem Siphon des Waschbeckens fiel mir auf. Über dessen Porzellan, am Hahn der Armatur, sammelte sich ein Tropfen. Und wie ich mein Gesicht gegen den Spiegel hob und in dessen Glas die halbdurchsichtigen Wände einer Duschkabine Teil des Reflektierten wurden, bemerkte ich, dass ich alles andere als allein war.

ZWEITENS: LILIPUT

Geringe Größe kann auf eine eigene Weise verstören. Gewiss wäre ich auch erschrocken, wenn eine höher gewachsene Gestalt den Kunststoff der Kabine verdunkelt hätte. Aber so, wie das dort auf den ersten Blick aussah, musste ich an einen halbwüchsigen, etwas dicklichen Jungen denken. Und weil ich wusste, dass der Gastgeber und seine Lebensgefährtin kinderlos sind, und mir die Anwesenheit eines Buben oder eines Mädchens unter den Feiernden im Lauf der letzten Stunden aufgefallen wäre, erfüllte mich der Anblick dieses Schemens sofort mit einer vagen Besorgnis. Es war, als träfe mich eine noch dunkle Schuld, als hätte irgendein wildfremder Bengel ausgerechnet mich heimlich über die Schwelle dieses Hauses verfolgt, um mir hier unten aufzulauern und mich in raffinierter Frechheit durch nichts als stilles Dastehen zu bestürzen.

«Was machst du da!», wollte ich so barsch wie möglich rufen, aber es kam nicht mehr dazu, denn der milchig Unscharfe rührte sich, sein linker Arm klappte vom Rumpf und griff an die Kante der Schiebetür. Sie klemmte, er rüttelte. Ich sah vier Fingerspitzen, die breiten und recht langen Fingernägel einer zweifellos ausgewachsenen Hand. Und während trockenes Plastik über trockenes Plastik schrammte, sprach er mich schon mit meinem Vornamen an, genauer gesagt mit dessen nur regional gebräuchlicher Kurzform, wie ich sie, auf mich gemünzt, bestimmt jahrelang nicht mehr zu hören bekommen hatte.

Ich will auch im Weiteren auf wörtliche Rede verzichten. Die Eins-zu-eins-Wiedergabe des von ihm Gesagten würde mir nur lücken- und fehlerhaft gelingen und mir zudem jetzt, in seiner Abwesenheit, nicht nur wie ein peinliches Nachäffen, sondern, schlimmer noch, wie ein verspätetes Anbiedern in den Ohren klingen. Bloß so viel: Seine Stimme war tief und angenehm sonor. Er meinte, mit voller Blase plaudere sich schlecht. Ich solle mir nun besser keinen unnötigen Zwang antun. Und umgehend, ohne zu widersprechen, ja ohne fühlbaren Gegenwillen, ohne einen Hauch der erwartbaren Scham zu empfinden, vollzog ich das Verlangte.

Inzwischen bin ich sicher, dass mich, mindestens so sehr wie seine Worte, sein Anblick genötigt hat, mich derart ungeniert zu verhalten. Ausnahmslos, in allen Fällen, die die Chronik unseres Clubs verzeichnet, hat er einen schmucklosen grauen Overall getragen. Aber an einen Installateur, an einen Mechaniker oder an irgendeinen anderen dienstleistenden Techniker zu denken, verbot sich mir von selbst, allein schon weil seine Füße nackt waren, vor allem aber weil er Ärmel und Hosenbeine mehrfach umgekrempelt hatte, um das uniforme Kleidungsstück an die besonderen Proportionen seines Körpers anzupassen.

Ich weiß wohl, dass die Bezeichnung, die ich gleich für ihn verwenden werde, nicht mehr beliebig frei gebräuchlich ist. Sie gilt heutzutage als herabsetzend, angeblich schwingt in ihren fünf Silben etwas Zirzensisches, etwas ungut Schaustellerisches mit. Dennoch möchte ich zumindest meinen Leibhaftigen in einem Satz – jetzt in diesem Satz! – einen Liliputaner genannt haben. Weniger weil mir seine Hände, verglichen mit der Kürze der Arme, außerordentlich groß erschienen, auch nicht weil Letztere, gleich den Beinen, in einem kindlichen Verhältnis zur Länge des tonnenförmig gedrungenen Rumpfes standen, sondern vor allem, weil seine Stirn so unerhört hoch war.

Wuchtig, fast walzenförmig, wie während einer besonderen Denkanstrengung zu dieser Form geronnen, wölbt sie sich über den rötlichen Brauen und den wasserblau leuchtenden Augen hin zu seinem dichten blonden Haar. Dessen ungewöhnlich regelmäßiger Ansatz und sein stets ins Messingfarbene spielender Glanz lassen einige von uns hartnäckig an eine Perücke glauben, obwohl eine kahle Stelle am Hinterkopf, immer kreisrund, stets recht groß und schuppig trocken, auf die Natürlichkeit des Bewuchses verweist.

DRITTENS: SERMON

Ich betätigte die Spülung und klappte den Deckel über Brille und Schüssel. Er stieg aus dem Wännchen der Dusche, schob mich beiseite, nahm auf dem knackenden Plastik Platz und hatte bereits zu erzählen begonnen. Dies ist das obligatorische Prozedere. Zumindest ist uns clubintern keine einzige Ausnahme bekannt. Unheimlich getreu und zugleich lässig frei, mit einer Raffinesse, die nie den festen Grund der Wahrhaftigkeit verlässt, erzählt uns der Leibhaftige das eine oder andere aus unserem Leben.

Wir sind nur ein lockerer Club, kein Verein mit starren Regeln und festgeschriebenen Rechten oder Pflichten, keine zu irgendeinem Zweck verschworene Gemeinschaft. Doch wir mögen einander ausnahmslos leiden, und diese Zutraulichkeit ist dem Was und dem Wie seiner Rede geschuldet. Selbstverständlich bleiben wir Dilettanten, redliche Stümper, wenn wir an unseresgleichen weiterzugeben versuchen, was er einem jeden unter vier Augen mitgeteilt hat. Aber als

Aufbereiter seines Berichts eifern wir ihm ernstlich nach, und dass sich unser Erzählen dann, nach der famosen Vorgabe des Leibhaftigen, quasi in zweiter Instanz vollzieht, besitzt einen besonderen Kitzel, einen sekundären Ehrgeiz und Reiz, der sich nicht leicht beschreiben lässt.

Für mich beschwor er gleich eingangs einen peinigend erniedrigenden Vorfall aus meiner Grundschulzeit herauf. Ich verzichte auf jede Einzelheit. Ich sage nur: Es hörte sich Wort für Wort so an, als sei er dabei gewesen. Er schonte die damaligen Übeltäter, zwei ältere Knaben, nicht. Er nannte sie widerlich schlimme Burschen, die mir damals ohne erkennbaren Grund grausam mitgespielt hätten. Ja, er wusste im Gegensatz zu mir ihre vollständigen Namen.

Und kaum hatte das damalige Ereignis in sein mich über Jahrzehnte hinweg erneut demütigendes Schlussbild gefunden, fragte er, ob mich nicht interessiere, wie es den gemeinen Kerlen in ihrem weiteren Leben ergangen sei. Schließlich hätte der hilflose Knirps, der ich gewesen sei, den beiden dereinst mit verblüffender Hellsicht haargenau dasjenige Unglück gewünscht, welches sie dann viele Jahre später, exakt so blutig speziell, wie von mir ersehnt, ereilt habe. Leidergottes ohne meine Zeugenschaft, aber zufällig direkt vor seinen Augen. Es wäre ihm ein Vergnügen, mich jetzt damit zu ergötzen.

Es gibt eine Klugheit der Gliedmaßen. Unwillkürlich

hoben sich meine Hände zu einer Abwehrgeste, schon bevor meine Lippen stammelten, kein Detail sei nötig, ich glaubte ihm alles, auch unbeschrieben, aufs Wort. Mittlerweile weiß ich: Andere waren weniger vorsichtig, sie gehorchten der Neugier oder ließen sich von einem allerletzten Echo einstiger Rachsucht verleiten und bekamen umgehend geschildert, auf welche Weise einem, dem sie ein bestimmtes Unheil an den Hals gewünscht hatten, just dieses, um Jahre verspätet und irgendwo im Abseits ihrer sinnlichen Wahrnehmung, an die Gurgel gesprungen war.

Auch hier lohnt ein Blick auf die Statistik. Vor allem das amouröse Missgeschick schlägt offenbar Wunden, die im Verborgenen eitern und heimliche Brutstätten eigener Gefahr bilden. Einer, der erfuhr, dass seine einstige Gattin und deren damaliger Liebhaber schließlich doch noch, als ihm beide längst gleichgültig geworden schienen, vom weit durch die Zeit schwingenden Pendel seines Fluches getroffen worden seien, ist bislang der Einzige gewesen, der sich dem Bericht, dessen Erklingen er zunächst leichtfertig zugestimmt hatte, empört widersetzte. So trotzig fest, wie er es zustande brachte, sah er dem Leibhaftigen in die blauen Augen und bezichtigte ihn der Lüge.

Heute meint er reuig, es wäre besser gewesen, dem Vernommenen, dem schieren Wortlaut zu glauben. Denn unser aller Erzähler stand auf, legte ihm die rechte Hand in den Nacken, wies mit dem Zeigefinger der Linken in die Schüssel und drückte den Kopf des Ungläubigen mit unwiderstehlicher Kraft gerade so weit nach unten, dass dessen Blick den Bildern, die das Porzellan als ein buntes, bestechend scharfes Panorama zu umfließen begannen, nicht mehr entkommen konnte.

VIERTENS: GOLD

*n*ach allem, was ich von meinesgleichen erfahren habe, war es kein Zufall, dass er irgendwann anfing, von Geld zu sprechen. Der Übergang ist leicht, als ginge es nur darum, von einer Währung in eine andere zu wechseln. Er wusste meine Kontostände. Er nannte das bescheidene Guthaben, das sich auf meinem Sparbuch angesammelt hatte, und die Summe, die auf meinem Überweisungskonto stand, bis auf die beiden Stellen hinter dem Komma. Er meinte, selbst aus wenig lasse sich deutlich mehr als nichts machen. Er lobte meine ausgabenarme Lebensführung, tadelte meine Passivität in Anlagefragen. Vor Jahren hätte ich fast ohne Risiko in Sonne und Wind investieren können. Auch jetzt gebe es noch Gelegenheiten, mein Vermögen in ein weniger kümmerliches zu verwandeln. Er habe sich, in der Duschwanne wartend, einen Finanzplan für mich zurechtgelegt. Keine Angst, höhere Mathematik sei zu dessen Verständnis nicht nötig. Ein bisschen Prozentrechnen reiche vollkommen aus.

Gerade als er von Zins und Zinseszins sprach, bemerkte ich Bewegung auf seinem Kopf. Am Rand der tonsurähnlichen Stelle regte sich etwas. Unwillkürlich dachte ich an Ungeziefer, an blutsaugende Parasiten, wie ich sie nur im Fell von Hund oder Katz gesehen hatte. Und was sich dann, drollig torkelnd, aus metallisch schimmerndem Haar auf den bleichen, ein wenig schuppigen Kreis hinauskämpfte, gehörte tatsächlich zu den sechsbeinigen Gliederfüßlern, allerdings zu jener biologischen Ordnung, deren Anblick nicht Abscheu, sondern freundliche Neugier, unter Umständen sogar Entzücken und Rührung auslöst. Nie im Leben würde es uns zum Beispiel vor einem Marienkäfer ekeln. Und kaum größer als der gepunktete Liebling der Kinder, ähnlich kugelig, allerdings monochrom goldfarben, mit einem zarten Stich ins Grünliche, war das Tierchen, das, betulich die Fühler schwenkend, innehielt, als es die Mitte des unbehaarten Kreises erreichte.

Mittlerweile hörte ich mir an, wie der Leibhaftige mir riet, meine Ersparnisse in Holz, in nachhaltige Plantagenwirtschaft zu investieren. Er kannte sich bestechend gut aus, wusste um meine einschlägige Unbedarftheit und bat mich deshalb, den einen oder anderen forstwissenschaftlichen Ausdruck zu wiederholen. Just während ich ein langes Kompositum wie verlangt betont langsam artikulierte, griff er sich mit der Linken auf den Kopf. Und trotz der Flinkheit, mit der alles sich vollzog, sah ich den goldenen Käfer noch kurz zwischen seinen Fingerkuppen mit den Beinchen fuchteln, bevor die Hand meines Leibhaftigen zum Mund ging, bevor seine Lippen schmatzten, bevor sein großer, fast geometrisch eckiger Kehlkopf schluckend ruckte.

Es erleichtert mich, dies endlich erzählt zu haben. Obwohl wir wissen, wie unnötig es ist, den Clubgenossen das eine oder andere zu verschweigen, kommt es doch regelmäßig vor, dass wir irgendeine Kleinigkeit schier ewig für uns behalten. Wenn diese sich endlich Bahn bricht und im Nu anstandslos internes Erzählgut wird, verstehen wir kaum noch, was uns so lange hemmte. In meinem Käferfall war es wohl eine Art logischer Kurzschluss, ein zwanghaftes Ineinanderrucken. Bis eben gelang es mir einfach nicht, auf gewohnte Weise zwischen dem sicher Speziellen, zwischen diesem individuellen Käferlein, und jenem nur hochspekulativ bestimmbaren Allgemeinen, das seinen goldenen Leib durchwest, zu unterscheiden. Aber das Leben ist doch auch nur ein Wort. Und eigentlich zwingt uns kein vernünftiger Grund, die Gesamtheit seiner Inkarnationen, alles jeweils und jemals Lebendige, mittels eines simplen Beiworts, durch das Voranstellen des bestimmten Artikels, also letztlich mit einem grammatischen Trick, einer derart rabiaten Abstraktion zu unterwerfen.

FÜNFTENS: SERIE

Keiner von uns kann sich an alles erinnern. Im Gegenteil, die Lücken sind ausnahmslos groß, und das Vergessen wesentlicher Teile beginnt früh, bereits unmittelbar nach dem Verklingen der Erscheinung. Aber das Entfallene bildet eine verdunkelte Wand, von der sich unser Erzählen immer aufs Neue abstößt. Mehr als einem Dutzend von uns wurden, in schönster Beiläufigkeit, alle sechs Zahlen einer kommenden Lotto-Ziehung verraten. Aber kaum waren sie mit ihrer Erwartung allein, ließ sich lediglich eine einzige in Ziffernform im Gedächtnis finden, während sich die fünf übrigen in einer nicht ins Numerische übersetzbaren, aber dennoch trügerisch eindeutigen und deshalb schier verrückt machenden Farb- und Duftreminiszenz verbargen.

Ähnlich erging es einem, dem unser Heimsucher den Weg zum Versteck des im letzten Weltkrieg verschollenen, unschätzbar kostbaren Bernsteinzimmers beschrieben hatte. Ein schönes Stück Strecke, die gemächliche Fahrt mit einem polnischen Regionalzug, hat sich in seiner Vorstellung bis heute filmisch getreu erhalten. Sogar die slawischen Namen der Bahnhöfe sind ihm als eine Reihe mühelos ablesbarer Schilder präsent. Aber die abschließende, die finale Zielführung kann er uns und sich selbst bloß als ein flirrig zuckendes Graubild beschreiben, untermalt von einem irrwitzig schrillen Schienenrattern und anderen ähnlich kunstreich höhnischen Fehlgeräuschen.

Ich bräuchte, um mein Glück auf dem Anlagenmarkt zu versuchen, den Namen oder zumindest die geographische Heimat des Gehölzes, in dessen Anbau ich meine Ersparnisse investieren soll. Ich weiß, dass von beidem die Rede ging, und ich erinnere mich daran, wie energisch mein Leibhaftiger mit dem Zeigefinger der Linken in den Handteller seiner Rechten pochte, um mir dort eine Besonderheit der Baumart, um deren zukünftige Profitträchtigkeit es ging, zu veranschaulichen. Die Haut der Handinnenseite war seltsam runzelig. Anstelle der wenigen markanten Falten, aus denen sich angeblich die Zukunft lesen lässt, bot sich meinem Blick ein Labyrinth aus feinen, zu engen Spiralen gewundenen Rillen. Ich bin ein leidlich guter Zeichner, und was ich aus dem Gedächtnis mit einem Bleistift aufs Papier brachte, sollte mir, da man technologisch mit einem Bild nach verwandten Bildern fahnden kann, weiterhelfen. Aber bis jetzt habe ich im Fundus des globalen Netzes kein Foto gefunden, das einen vergleichbar gefurchten Baumstamm zeigt.

Stattdessen führen mich meine algorithmisch gelenkten Recherchen immer wieder auf Ablichtungen einer gerade mal handlangen Echse, die, abgeschnitten vom Entwicklungsgang verwandter Arten, ausschließlich auf der Insel Madagaskar lebt. Der Kehlsack dieses seit Jahrtausenden isolierten Reptils zeigt, in feine Schuppen übersetzt, ebenjenes Muster, das ich in der Hand des Leibhaftigen sah. Laut ihm findet es sich genau so auch auf jenen Bäumen, aus deren Rinde sich schon bald ein pharmakologischer Wirkstoff für neuartige Schmerz- und Schlafmittel extrahieren lassen wird, der, obwohl hochpotent, kein bisschen süchtig macht.

Er beschrieb, er riet, er sparte nicht mit Erklärung, und er verstand sich darauf, nicht wenig in eine kurzweilige, überraschende Haken schlagende Handlung zu bannen. Horchend vergaß ich den Ort und die Zeit. Als das Geburtstagskind, mein Kollege, fast mein Freund, draußen an die Tür klopfte, legte mir der, der mich in diesem Feuchtraum heimgesucht hatte, den Zeigefinger an die Lippen. Ich war inzwischen, ich weiß nicht wie, auf seinen Schoß geraten. Ich saß, keineswegs unbequem, auf den kurzen, aber muskulösen Oberschenkeln eines Liliputaners. Ich hielt die Arme um seinen Overall geschlungen und spürte unter meiner Achsel die große Hand, mit der er meinen Rumpf beruhigend fest an den seinen zog. Und weil ich, müde geworden, den Rücken krümmte, während es ihm auf eine stramm aufrechte Haltung ankam, war meine Stirn an seine Schläfe gesunken.

Draußen rief mein Gastgeber meinen Namen und fragte, ob alles in Ordnung sei. Ich nickte nur. Aber da schob mich der Leibhaftige schon von seinem Schoß und hatte mit einem flotten Hopser seinen Thron aus sanitärem Porzellan verlassen. Energisch, als komme es ihm jetzt, in unserem letzten gemeinsamen Moment, auf ein gut hörbares Fußaufsetzen an, trat er – tapp, tapp! – dicht vor die Tür. Gleich einem, der vom Rand eines Pools ins Wasser springen will, hob er die Hände über den Kopf. Vor meinen Augen drehte sich der Schlüssel im Schloss. Und auch die Klinke – nichts, rein gar nichts, verstellte mir mehr den Blick! – sank nach unten, ohne dass ihr eine Hand zu Hilfe kommen musste. Die Tür schwenkte nach außen auf. Mein Kollege kam näher, räusperte sich höflich, steckte schließlich den Kopf herein, und bestimmt wollte er fragen, ob ich nicht wieder nach oben kommen möge. Aber der Geruch, der den kleinen Raum urplötzlich erfüllte, war so stark, dass es ihm wie mir erst einmal das Wort verschlug.

Es roch nach Feuer, nach frischem Rauch, zudem nach scharf angebratenem Fleisch, als würde etwas blutig Rohes über glühender Holzkohle gegrillt. Die Lüftung war angesprungen. Ihr Ventilator, der sich rauschend über unseren Köpfen drehte, leistete gute Arbeit. Der brandige Geruch dünnte zügig aus, verflüchtigte sich, und kaum schien er restlos verflogen, stand der Propeller mit einem Klicken wieder still.

Umso deutlicher pfiff es. Irgendetwas hörte nicht auf, irgendeinen anhaltenden Luftstrom zu mehr als einem

Geräusch zu modulieren. Da pfiff man uns eins. Allerdings hätte man das Gehörte selbst mit arg viel Phantasie kaum eine Melodie oder gar ein Liedchen nennen können. Das war kein schön tuendes, sinnige Gestaltung vorgaukelndes Auf und Ab. Aber mehrere, drei, vier, fünf, gegeneinander verzögerte, schließlich panflötenartig zugleich erklingende Töne waren es schon.

Wir alle kennen dies gut. Das Finale ist hierin immer gleich. So viel mussten wir rettungslos gründlich vergessen, aber ausgerechnet dieses dürftige Gepfeife ist keinem entfallen. Unsere Mutigsten, unsere Frechsten versuchen gelegentlich, jeder für sich, immer im Freien, am liebsten in ringsum unbebauter Flur, am allerliebsten auf einem kahl abgeernteten Feld, das Vernommene zu imitieren, indem sie es, mehr oder minder geschickt, einem langsamen, gewaltsam künstlichen Nacheinander, dem seriellen Zwang unserer Zeit, unterwerfen.

Draußen, unter dem freien Blau des Himmels und dem lichten Weiß der Wolken, fühlen wir uns gegen eine körperliche Wiederkehr gefeit. Obschon der, den ich nun ein letztes Mal den Leibhaftigen nenne, gewiss die Ohren spitzt. Ja, vielleicht schürzt er sogar die Lippen, als könnte sein Mund willkürlich allerorten erklingen lassen, was in Wahrheit keine sphärische Weite verträgt, sondern die Enge eines Sanitärraums, die Feuchte und die Begrenztheit zeitgenössischer Nasszellen zu seiner Klangwerdung braucht.

SECHSTENS: EINLADUNG

Wir sind, wie eingangs erwähnt, nur ein lockerer Club, kein Verein mit beengenden Regeln und nötigenden Pflichten, keine zu irgendeinem Zweck verschworene Gemeinschaft. Um aufgenommen zu werden, braucht es nicht mehr als die formlose Fürsprache eines einzigen Mitglieds. Nachdem ich damals wieder nach oben gegangen war und mich erneut unter die Essenden und Trinkenden, unter die Plaudernden und lauthals Lachenden gemischt hatte, näherte sich mir die Lebensgefährtin des Geburtstagskindes, ein Weinglas in jeder Hand. Als sich unsere Fingerspitzen auf dem dünnwandigen Kelch, der von ihrer Linken in meine Rechte wechselte, berührten, bemerkte ich, dass sie ihre Nase rümpfte. Zweifellos schnüffelte sie in meine Richtung. In meinen Haaren oder im Gewebe meiner Kleidung musste ich eine Duftspur, einen für sie unverwechselbaren Hauch der Begegnung, hinauf unter die arglos Feiernden getragen haben.

Auch im Gedränge eines Fests, in Lärm und Musik, finden zwei einschlägig Kundige ein Plätzchen, um sich ohne einen störenden Mithörer zu besprechen. Ohne Umschweif wurde mir der Beitritt angeboten. Mehr als ein schlichtes Ja oder ein deutliches Nicken, nicht gleich, sondern irgendwann im Verlauf der verbleibenden Stunden, sei hierzu nicht erforderlich. Alles Weitere würde sie als meine Gewährsfrau gerne besorgen.

Ja, auch wir sind ganz von dieser Welt. Unser Club schmiegt sich in ihren Gang. Schenken Sie mir Ihr Vertrauen! Sobald es zum Unausweichlichen gekommen ist und sofern es Ihnen dann gefällt, wird mein Wort vor unseresgleichen für Ihr Erlebnis bürgen.

DIE AUTORINNEN UND AUTOREN

KIRSTEN FUCHS

gewann 2003 den renommierten Literaturwettbewerb Open Mike, seither hat sie einen festen Platz in der jüngeren deutschen Literatur. 2005 erschien ihr vielgelobter Debütroman «Die Titanic und Herr Berg», 2008 der Roman «Heile, heile». «Mädchenmeute» wurde mit dem Deutschen Jugendliteraturpreis 2016 ausgezeichnet.

THOMAS GSELLA

war von 2005 bis 2008 Chefredakteur der *Titanic*. Er schreibt Prosa und Lyrik für Rundfunk und Fernsehen, *FAZ*, *Die Zeit*, *taz* u.a. 2011 wurden seine Gedichte mit dem Robert-Gernhardt-Preis ausgezeichnet. «Neue Köpfe für Mama und Papa» ist bereits erschienen in Thomas Gsella, «Gsellammelte Prosa I: Blau unter Schwarzen, Köln 2010. Die Geschichte wurde für diese Ausgabe überarbeitet.

GEORG KLEIN

Georg Klein veröffentlichte unter anderem die Romane «Libidissi», «Barbar Rosa» und «Sünde Güte Blitz» sowie die Erzählungsbände «Anrufung des Blinden Fisches» und «Von den Deutschen». Für seine Prosa wurden ihm der Brüder-Grimm-Preis und der Ingeborg-Bachmann-Preis verliehen; für den 2010 erschienenen «Roman unserer Kindheit» erhielt er den Preis der Leipziger Buchmesse.

DORIS KNECHT

Doris Knecht ist Kolumnistin (Kurier, Falter) und Schriftstellerin. Ihr erster Roman, «Gruber geht», war für den Deutschen Buchpreis nominiert und wurde verfilmt. Für «Besser» erhielt sie den Buchpreis der Stiftung Ravensburger Verlag. Zuletzt erschien «Wald». Doris Knecht lebt in Wien und im Waldviertel.

RALF KÖNIG

begann nach seinem Studium an der Kunstakademie Düsseldorf ab 1980 Comics für diverse Schwulenmagazine zu zeichnen. Der Durchbruch kam 1987 mit »Der bewegte Mann«, der als Comic wie als Film ein riesiges Publikum eroberte. Seine Comics sind in 18 Sprachen übersetzt. 2014 erhielt er nach vielen anderen Auszeichnungen den Max-und-Moritz-Preis für sein Lebenswerk.

ANSELM NEFT

studierte vergleichende Religionswissenschaften, schrieb seine Abschlussarbeit über zeitgenössischen Satanismus und wurde dann Autor, bei der Lesebühne «Liebe für alle» und mit zahlreichen Romanen, zuletzt «Vom Licht».

TILL RAETHER

arbeitet als freier Journalist in Hamburg, unter anderem für *Brigitte*, *Brigitte Woman* und das *SZ-Magazin*. Er besuchte die Deutsche Journalistenschule in München, studierte in Berlin und New Orleans und war stellvertretender Chefredakteur von *Brigitte*. Till Raether ist verheiratet und hat zwei Kinder. Sein Kriminalroman «Treibland» wurde für den Friedrich-Glauser-Preis nominiert.

TEX RUBINOWITZ

lebt seit 1984 als Witzezeichner, Maler, Musiker und Schriftsteller in Wien. 2014 erhielt er den Ingeborg-Bachmann-Preis. Sein Text in diesem Buch basiert auf einer Erzählung von Tobias Bach.

FRANK SCHULZ

lebt als freier Schriftsteller in Hamburg. Für die Romane seiner sogenannten Hagener Trilogie – «Kolks blonde Bräute», «Morbus fonticuli oder Die Sehnsucht des Laien» und «Das Ouzo-Orakel» – wurde er mehrfach ausgezeichnet, u. a. mit dem Hubert-Fichte-Preis (2004) und dem Kranichsteiner Literaturpreis (2012).

DIRK STERMANN

lebt als gebürtiger Duisburger seit 1987 in Wien. Er zählt zu den populärsten Kabarettisten und Radiomoderatoren Österreichs und ist auch in Deutschland durch Fernseh- und Radioshows sowie durch Bühnenauftritte und Kinofilme weit bekannt.

SVEN STRICKER

wuchs in Mülheim an der Ruhr auf. Seit 2001 arbeitet er als freier Wortregisseur, Bearbeiter und Buchautor und gewann mehrmals den Deutschen Hörbuchpreis. Er lebt in Potsdam und hat eine Tochter.

HEINZ STRUNK

ist Schriftsteller, Musiker und Schauspieler. Seit seinem ersten Roman «Fleisch ist mein Gemüse» hat er sieben weitere Bücher veröffentlicht. «Der goldene Handschuh» war für den Leipziger Buchpreis nominiert. 2016 wurde der Autor mit dem Wilhelm-Raabe-Preis geehrt.

JENNI ZYLKA

ist Buchautorin und freie Journalistin (u. a. für *taz*, *Tagesspiegel*, *rbb*, *Spiegel Online*, *WDR*, *Rolling Stone*), Drehbuchautorin und Moderatorin. Bei Rowohlt erschien 2003 ihr Roman «1000 neue Dinge, die man bei Schwerelosigkeit tun kann» und 2004 der Roman «Beat, Baby, Beat».

INHALT

HEINZ STRUNK	Schwarzes Loch	5
KIRSTEN FUCHS	Rosa Mantel	14
JENNI ZYLKA	Souterrain	29
RALF KÖNIG	Dichtung des Schreckens	41
SVEN STRICKER	Ein hoffnungsloser Fall	53
DORIS KNECHT	Rot steht mir nicht	79
ANSELM NEFT	Schweinsnacht	96
TEX RUBINOWITZ	Der Mann im Wald	114
TILL RAETHER	Machst du Witze	129
FRANK SCHULZ	Das Unheimchen	144
DIRK STERMANN	Die sechste Krankheit	173
THOMAS GSELLA	Neue Köpfe für Mama und Papa	190
GEORG KLEIN	Einstimmung	198

DIE AUTORINNEN UND AUTOREN 217

Das für dieses Buch verwendete Papier ist FSC®-zertifiziert.